国学经典

中华成语故事

深厚的历史背景和丰富的文化内涵

宋 涛/主编

辽海出版社

【第二卷】

《中华成语故事》编委会

目　录

奇货可居

这个故事出自《史记·吕不韦列传》："子楚……居处困不得意，吕不韦贾邯郸，见而怜之，曰：'此奇货可居。'"卫国的大商人吕不韦到赵国的都城邯郸去做买卖，碰到在那里做人质的秦国公子异人。他觉得异人是个稀有的"货物"，可以收买下来，搞个政治投机，有朝一日换取名利。

回家后，吕不韦问父亲："农民种田，一年能得几倍的利益？"

"可得 10 倍的利益。"父亲回答说。

"贩卖珠宝能得几倍的利益？"

"可得几十倍的利益。"

"要是拥立一个国君，能得几倍的利益？"

"那就无法算得清楚了。"

于是吕不韦说起秦国公子异人的事，并表示要设法把他弄到秦国去做国君，做个一本万利的大买卖。父亲非常赞成。

异人是秦昭王的孙子、太子安国君的儿子。安国君宠爱华阳夫人，而讨厌异人的母亲夏姬，因此异人被送到赵国当人质。吕不韦告诉异人，愿意为他回国出钱出力。一旦秦昭王去世、安国君即位，他就可以成为太子，将来继任国君。异人自然非常高兴，再三道谢，并表示一旦成为国君，就把秦国的一半土地封给吕不韦。

政治交易达成后，吕不韦带了大量财宝去秦国，托人向华阳夫人献上厚礼。华阳夫人马上召见吕不韦。吕不韦玩弄巧舌，说服没生过儿子的她认异人为自己亲生儿子，并通过她要求安国君派人将异人接回秦国，改名子楚。

此后，华阳夫人一再在安国君面前说子楚的好话，并要求立他为太子。安国君答应了，还让吕不韦当他的老师。

几年后，秦昭王去世，安国君做了国君，即秦孝文王。孝文王即位时年纪已经很大了，一年后就死去，于是子楚如愿以偿，继任国君，称为秦庄襄王。吕不韦是头号功臣，当上了丞相，享受 10 万户的赋税。他收买下来的奇货经过囤积，终于换来了无法估量的名利。

卧薪尝胆

语出《史记·越王勾践世家》："吴既赦越，越王勾践反国，乃苦身焦思，置胆于坐，坐卧即仰胆，饮食亦尝胆也。"

公元前 493 年，吴王夫差为报父仇，领兵攻打越国，越王勾践兵败投降。夫差大获全胜，得意洋洋地把勾践及其妻子押往吴国。为了在诸侯国中表现自己宽宏大量，他决定不杀勾践夫妇，而让他们住在父亲墓前的石屋里，一边看墓赎罪，一边养马。夫差外出，勾践就得拿着马鞭子，走在马车前面。

过了 3 年，夫差认为对勾践的惩罚已经够了，今后他不会再反对自己了，便将他夫妇释放回国。

勾践回国后，立志报仇雪恨。为了锻炼自己的意志，他睡觉不用被褥，就躺在柴草中。又在自己起居处悬挂一个苦胆，坐卧时都能看到，每次吃饭前，都要去尝一尝胆的苦味，还经常哭着问自己："勾践，勾践，你忘记会稽战败的耻辱吗？"

勾践还采取各种措施，努力发展生产，并亲自扶犁种田，让妻子纺织；食不加肉，衣不重彩，与百姓同甘共苦。同时奖励生育，增加人口，加强国力。就这样，勾践经过"十年生聚，十年教训"，终于使越国强大起来。

过了 4 年，勾践举兵进攻吴国。夫差不敌，派人求和，但被勾践拒绝，夫差被逼自杀，吴国灭亡。

拔帜易帜

这个成语故事出自《史记·淮阴侯列传》："夜半传发，选轻骑二千人，人持一赤帜，从间道革山而望赵军，诫曰：'赵见我走，必空壁逐我，若疾入赵壁，拔赵帜，立汉赤帜。'"

韩信被刘邦拜为大将后，率领汉军攻占了魏国和代国，接着又在张耳的协助下，带了几万兵东下井陉，攻击赵国。赵王和主将陈余在井陉口聚集了20万大军阻挡。

谋士李左车建议陈余拨给他3万军队，从小路出发，出奇不意地截取汉军的后勤装备及粮食，而它的前军抵达井陉时不与交战。这样的话，不到10天就可以取下韩信和张耳的头颅。

陈余是个读书人，不爱使用诈谋奇计，认为韩信的兵不过数万，经过千里行军，已非常疲惫，可以直接予以攻击，因此没有采纳李左车的计谋。

韩信手下的人探听到这个消息后，十分高兴，放心东下井陉。进军到离井陉口30里之处，韩信下令休息。半夜里，他选出2000名轻骑兵，让他们每人拿着一面红色旗帜，从小道来到井陉口山后隐蔽起来，同时对他们说：

"我将另派一支军队与赵军对垒，并假装败退。这样，赵军必然倾巢而出，前来追击。你们乘此机会快速进入赵营，拔掉赵军的旗帜，换上我们汉军红色的旗帜。"

接着，韩信又派出一支一万人的军队，叫他们背水摆开阵势。赵军见汉军排出兵法上最讳忌的背水之阵，都哈哈大笑，以为汉军自己断了后路。

天刚亮，韩信指挥这一万人的军队向井陉口进发，赵军立即打开营门迎击。战了一段时间后，韩信、张耳命汉兵丢掉旗鼓，向水边退去。汉兵退到水边阵地，再也无法后退，只得拼死作战。

这时，隐蔽在山后的 2000 汉兵，趁赵营无人守卫，快速冲进赵营，飞快地拔掉赵军旗帜，换上汉军红色的旗帜。而在水边作战的赵兵，因遇到背水一战的汉兵的顽强抵抗，无法取胜，想返回营地，却见那里全是汉军的红旗，以为赵王已被汉兵抓住，顿时军心大乱，各自逃命。接着，汉军两面夹击赵军，结果主将陈余被杀，赵王被活捉。

抱残守缺

语出《汉书·刘歆传》："犹欲保残守缺，挟恐见破之私意，而无从善服义之公心。"清·江藩《汉学师承记》卷八之顾炎武："岂若抱残守缺之俗儒，寻章摘句之进士也哉。"

抱残守缺

刘歆是著名学者刘向的儿子，沛（今江苏省沛县）人。他是西汉末年古文经学派的开创者，是目录学家、天文学家。他继承父业，总校群书，撰成《七略》，包括辑略（总论）、六艺略、诸子略、诗赋略、兵书略、术数略和方技略。它的主要内容，保存在《汉书·艺文志》中，对中国目录学的建立有一定贡献。他曾任黄门郎（内廷侍从官）。王莽执政时期，立古文经博士，刘歆任国师。

刘歆在校勘曲籍过程中，阅读大量秘藏的古籍，从中发现一本古文《春秋左氏传》，他特别感兴趣。经过深入的研究，他认为，《左传》是一本珍贵的文献资料，于是建议为《左传》等古籍设立学官。

汉哀帝（刘欣）知道这件事以后，就让刘歆与五经博士讨论研究《左传》等一批古书的思想内容和意义。但博士们既不同意为《左传》设立学官，又不肯讨论研究这件事。刘歆对此非常气愤，他给管博士的太常写了一封公文，提出了尖锐的批评。

刘歆在公文中指出，这些博士孤陋寡闻，不学无术，他们害怕别人识破自己的私意，没有服从真理的公心，所以宁愿因循守旧，抱残守缺，而不肯研讨新的学问。由于刘歆的言词激烈辛辣，击中了博士们的要害和痛处，因此遭到博士们的怨恨和诽谤，得罪了执政大臣。后来刘歆请求远离朝廷，到地方做了个小官。

以后因为密谋杀王莽一事泄露，自杀身死。

招摇过市

语出《史记·孔子世家》："灵公与夫人同车，宦者雍渠澄乘，出，使孔子为次乘，招摇市过之。"

春秋时期，卫国的国君卫灵公昏庸无能，不理朝政。国家的大权全控制在他的妻子南子手里。由于南子作风轻浮，行为不检点，因此名声很不好。

公元前494年，孔子在周游列国的途中，带着子路、颜回等一批学生来到了卫国。

卫灵公知道孔子是个大学问家，对他很客气，甚至开玩笑似地说要和孔子结成兄弟。孔子以为卫灵公很赏识自己，即将重用自己，便也很高兴。

南子也知道孔子名声很大，就派人去对孔子说：

"要和卫国国君结为兄弟的人，一定要拜见我。我希望能见见你。"

招摇过市

于是，孔子到宫中去见南子。南子在接见孔子时，故意只隔开一层薄薄的纱帘，又把衣服上装饰的玉佩弄得叮叮当当作响，向孔子卖弄风骚，弄得孔子尴尬极了。

这件事让孔子的学生子路知道了，气呼呼地埋怨老师不该和这种轻佻的女人见面，认为这样有失老师的尊严。孔子急得对天发誓说：

"我之所以去见南子，是因为她掌握着卫国的实权。我是去向她宣传我的政治主张的。如果我向你说谎，老天爷会惩罚我的呀！"

有一天，卫灵公和南子乘着一辆非常华丽的车子出游，并由一名太监雍渠陪着，让孔子坐在第二辆车中。卫灵公得意扬扬地在闹市兜了几圈，故意显示自己的威风，而南子在车中向卫灵公搔首弄姿，丑态百出。孔子生气地说：

"卫灵公不是一个想把国家治理好的人，他只是一个好色之徒罢了。"

孔子在卫国住了一个多月，见卫灵公没有重用他的意思，便带着学生们离开了卫国。

披坚执锐

语出《史记·项羽本纪》："夫被（即披）坚执锐，义不如公，坐而运策，公不如义。"

秦朝末年，陈胜、吴广率领的农民起义军被秦大将章邯攻灭后，项梁和项羽便拥立楚怀王的孙子熊心为王，仍称楚怀王，继续与秦军作战。项梁因作战胜利而骄傲自满，被秦军打败，死于军中。

章邯打败楚军后，又去攻打赵国。赵军不敌，退守巨鹿，被章邯指派的王离、涉间的军队团团围住。怀王对此很着急，任命宋义为上将军、项羽为副将，派他们率军去救援赵国。怀王还将卿子冠军的称号授给宋义，命他统率其他各军。

宋义把军队带到安阳后，接连 46 天不进军。项羽对他说："如今秦军已将赵王围在巨鹿城里，我军应迅速渡河，赶到那里来个里应外合，必定能大破秦军。"

宋义摇摇头，说："不行。牛虻固然能惹牛，但不能咬死虱子。如今秦军攻赵，就是取胜了，也已经经筋疲力尽，我军可等它疲惫不堪时进兵；如若秦军不能取胜，让它胶着在那里，我军可乘机西进把秦国攻下来。所以，还不如让秦、赵两军打下去。说到穿着坚固的铠甲、拿着锋利的兵器冲杀敌军，我宋义不如你；而坐在这里运用计谋，你可不如我。"

披荆斩棘

这个故事见《后汉书·冯异传》："帝谓公卿曰：'是我起兵时主簿也。为吾披荆棘，定关中。'"

东汉王朝的建立者光武帝刘秀，起兵初期势力单薄，参加者生活非常艰苦，有些人因此而离他而去。但曾任主簿的冯异却毫不动摇，坚持战斗，从不叫苦。

一次，刘秀带队伍路过饶阳的芜蒌亭（今属河北），又饥又冷，军士们都支撑不住。晚上，冯异设法煮了一大锅豆粥让大家吃，饥寒顿时消除。后来队伍来到南宫县，遇到大风雨，上上下下的衣服都被雨水淋湿，大家冻得直打哆嗦。就在众人难以忍受的时候，冯异又设法找来一些柴草，点起火让大家烤干衣服，暖和身体；又为大家煮了麦饭，填饱肚子。冯异在艰难处境中做的这两件事，给刘秀留下了难以忘怀的良好印象。

公元25年，刘秀做了皇帝后，派冯异平定关中，冯异很好地完成了任务。当时有人向刘秀上书，劝他提防冯异权重谋反。刘秀不仅不信，反把所上的书送给冯异看，并要冯异不必疑心、害怕。

公元30年，冯异从长安来到京城洛阳朝见光武帝。光武帝指着他向满朝公卿大臣说：

"他便是我起兵时的主簿，曾为我在创业的道路上劈开丛生的荆棘，扫除了重重障碍，又为我平定了关中之地！"

朝见结束后，光武帝赐给冯异许多金银财宝，还写了一封信给他。信中说：

"我还时时记着当年将军在芜蒌亭端给我的豆粥，在南宫县递给我的麦饭。这些深情厚意，我至今还未报答呢！"

披裘负薪

语出汉王充《论衡·书虚》："延陵季子出游，见路有遗金。当夏五月，有披裘而薪者。季子呼薪者曰：'取彼地金来！'薪者投镰于地，嗔目拂手而言曰：'……吾当夏五月，披裘而薪，岂取金者哉！'"

春秋时候，吴国延陵郡的季子有一次出外游玩，看见路上有别人失落的金子。

这时，正当是炎热的五月天，迎面却来了一个身披裘皮衣的樵夫。于是季子大声呼喊道："打柴的，那里有金子，快去取了来！"

谁知打柴的听了把手中镰刀往地上一摔，瞪眼睛摇摇手说："你身居高位，仪貌端庄，为什么把别人看得那么低下，出语如此粗野呢！我盛夏五月打柴都穿着裘皮衣，难道是个取不义之财的人吗？"

季子被当头一棒，当即表示歉意，并要请问姓字。

打柴人说："你是个徒有其表的人，不值得告诉你姓名。"说完，头也不回地离开了。

披裘负薪

势如破竹

这个成语见《晋书·杜预传》："今兵威已振，譬如破竹，数节之后，无复著手处也。"

杜预，字元凯，是西晋一位著名的将领，就在他被封为镇南大将军、都督荆州军事后不久，他又向晋武帝建议出兵彻底消灭吴国。晋武帝犹豫未决，便召集大臣们一起商议，结果有不少大臣表示反对。他们认为吴国是一个强敌，加以当时正值盛暑，河水泛滥，很容易发生瘟疫，对不适应在泽沼地区打仗的北方士兵来说，是很不利的，不容易取胜。因此他们建议等到明年春天再发兵，那时才有比较大的取胜把握。可是，杜预却坚持自己的主张，他说："战国时代的燕国大将乐毅，在洛西一战，一口气攻下了齐国70多座城池，这除了指挥有方以外，主要是士气旺盛；而现在我们已经灭掉了蜀国，将士的士气正在旺盛的时候，在这样的情况下发兵去攻打吴国，就像是劈竹子一样，等劈裂几节以后，剩下的便会迎刃而解，而不会有任何阻碍了。"

晋武帝听了，同意了杜预的意见。于是，杜预立刻出兵，他在不到10天的时间里，攻占吴国的许多城池，还俘虏了吴国都督孙歆和文武高级官员200多人。接着，杜预率大军势如破竹地向吴都建业进发，很快攻下了建业，灭掉了吴国。

歧路亡羊

语出《列子·说符》："杨子之邻人亡羊……杨子曰：'嘻！亡一羊何追者之众。'邻人曰：'多歧路。'"

一天，杨子的邻居家逃失了一只羊。失主很焦急，请许多亲友去寻找。过了一会儿，他来找杨子请求说：

"先生，我想请您家的仆人帮助我去找羊。"

杨子了解情况后，奇怪地说："逃失了一只羊，竟要派这么多人去寻找，真是小题大做！"

那邻居苦笑着解释说：

先生您听我说，村子外有几条岔路，人少了是不行的。"

杨子无奈，只好叫仆人帮他去找羊。过了一段时间，邻居及其亲友、杨子的仆人等都来到杨子家。杨子问他们：

"羊找到了没有？"

邻居垂头丧气地表示没有找到。杨子惊奇地问：

"你们这么多人寻找，怎么还会找不到的呢？"

邻居说："出村子上了大路后，有几条岔路，岔路中还有岔路。越走远，岔路就越多，简直像蜘蛛网一样。所以即使这么多人寻找，到后来也弄不清楚羊究竟是从哪条岔路上逃走的。"

杨子听后没有说话，但神色严肃起来，并带有忧伤的成分。他的学生不解，问他道：

"先生，一只羊不值多少钱，再说逃走的那只羊也不是先生家的，您为什么要如此忧伤呢？"

杨子听了仍然没有说话。有个学生把这件事告诉了一位名叫心都子的学者，他解释说：

"岔路太多了，所以羊容易逃失。同样的道理，读书人因学说不一致而找不到真理，以致误入歧路，一无收获！"

明珠暗投

语出《史记·鲁仲连邹阳列传》："臣闻明月之珠，夜光之璧，以暗投人于道路，人无不按剑相眄者，何则？无因而至前也。"

汉景帝即位后，没有马上立太子。他的弟弟梁孝王很想自己有朝一日能继承皇位。为此，他常和亲信羊胜、公孙诡两人秘密策划，如何收买朝廷权臣，如何刺探宫中隐事，甚至密谈如何在必要时发动政变。

梁孝王有个门客，名叫邹阳，他是一个很有才学的人。梁孝王想利用他的文名提高自己的声誉，所以把他收在门下。邹阳听到梁孝王经常与羊胜等密谋这类事，便几次向梁孝王晓以利害，劝说他不要轻举妄动，造成祸害。羊胜、公孙诡对他很疑忌，怂恿梁孝王将他投入了监狱。

邹阳知道自己受到了诬陷，便在狱中给梁孝王写了一封信。信中引用了许多史实，来说明自古以来忠臣义士无辜受屈的事是很多的，他不过是其中之一罢了。信中给人印象最深刻的是下面这段话：

"我听说世间最罕见的宝物是明月珠和夜光璧。如果暗中把它们投在路上，人们都会按着剑、斜着眼看它，而不敢去拿。这是因为谁也不知道它突然出现的原因。"

这段话的含意是，如果没有亲信帮你说话，即使你提出了很好的意见，也不会受到重视，还有可能惹出祸来。梁孝王看懂了信里隐含的意思，立即释放了他。

不久，景帝采纳了大臣爰盎等的建议，立了太子。孝王恨爰盎坏了他的事，便派刺客去刺死了爰盎。景帝料想是梁孝王指使的，便接二连三派使者去责问他，并要他交出主谋抵罪。梁孝王被逼得无法，只好迫令羊胜、公孙诡自杀。但使者还是要追查下去。最后，梁孝王还是请邹阳进京活动，请受景帝宠爱的王美人向景帝讨情，这件事才不了了之。

忠言逆耳

这个成语出自《史记·留侯世家》："且'忠言逆耳利于行，毒（良）药苦口利于病'，愿沛公听樊哙言。"

公元前204年，刘帮率大军到咸阳后，进入秦宫探看。但见宫室华丽，各处宝物不计其数，都是他从未见到过的。每到一处，许多美丽的宫人向他跪拜。他越看越感到新奇，兴味也越来越浓。于是，打算就住在宫内享受一番。

刘邦的部将樊哙发现刘帮要住在宫中，问他说："沛公（指刘邦）是想有天下呢，还是只想当一个富家翁呢？"

刘邦回答说："我当然想有天下。"

樊哙真诚地说："臣进入秦宫里，见到里面的珍奇财宝不可胜数，后宫中美人数以千计，这些都是导致秦朝灭亡的东西啊。望沛公迅速返回灞上，千万不要留在宫中。"

刘邦对樊哙的劝谏不以为然，还是准备住在宫中。谋士张良知道这件事后，对刘邦说："秦王无道，百姓造反，打败了秦军，沛公才能来到这里。您为天下除掉害民的暴君，理应克勤克俭。

忠言逆耳

如今刚入秦地，就想享乐。俗语说：'忠诚正直的劝告往往不顺耳，但有利于行为。含毒的药吃的时候很苦，但有利于疾病。'望沛公听从樊哙的忠告。"刘邦听了，终于醒悟过来，马上下令将府库封起来，关掉宫门，随即率军返回灞上。

咄咄怪事

这个故事见南朝宋刘义庆《世说新语·黜免》："殷中军被废在信安，终日恒书空作字，窃视，惟作'咄咄怪事'四字而已。"

东晋时，有个人出身豪门的贵族，名叫殷浩。他爱好玄学，擅长论谈，年轻时就很出名，但就是不肯出来当官。后来，他被推荐为建武将军、扬州刺史。他再三推辞，朝廷不同意，只好赴任就职。

殷浩与当时的大将桓温闹矛盾，大臣王羲之劝他说，大敌当前，应以国事为重，主动与桓温讲和，但他不听。后来，殷浩被任命为中军将军，统率五州军事，并领兵北伐。他屡战屡败，桓温乘机上书朝廷对他进行攻击。结果，他被废为平民，流放到信安去。

殷浩当平民百姓，从来不说一句抱怨的话，整天无忧无虑地读书、吟诗，似乎什么事也没有发生过。但他有个很怪的习惯，整天用手指在空中作写字的模样。旁人暗中观察，他写的老是"咄咄怪事"4个字，它的意思是令人惊讶的怪事情。旁人这才知道，他是借这个办法，来表示心中的不平。

罗雀掘鼠

《新唐书·张巡传》："至罗雀掘鼠，煮铠弩以食。"

755年冬，深受唐玄宗李隆基信任的范阳等三镇节度使安禄山，突然起兵叛乱。他的15万大军迅速南下，击败唐军，很快攻下东都洛阳。雍丘县令令狐潮以为要改朝换代了，竟然擅自离城，去向叛军求降。

就在这危急时刻，真源令张巡主动招募壮丁，组织一支2000人的军队，突然向雍丘发起进攻。待到令狐潮求降归来，雍丘已在张巡的控制之下，令狐潮的妻儿已被杀死。令狐潮极度愤怒，便去调集了4万叛军，前来攻打雍丘。

张巡以有限的兵力，对付强大的叛军，坚守雍丘60天，始终未向叛军屈服。

后来，雍丘东面的睢阳也受到叛军的攻打，睢阳太守许远派人向张巡求援。张巡考虑到睢阳的地位比雍丘重要得多，决定放弃雍丘，移兵睢阳与许远会合，并毅然担当起守卫睢阳的重任。

两城能战的兵力合起来不过6000余人，而叛将尹子奇率领的大军达13万人，双方力量极为悬殊。但张巡毫不畏惧，激励士卒勇敢杀敌，半个月就消灭叛军两万余人。

尽管官军奋勇杀敌，但尹子奇能不断补充人马，而官军得不到补充。因此，官军的处境非常危急。一天，张巡在城头巡视，发现敌军中有几个骑马的将领，但不知其中谁是尹子奇。于是他想出一条计谋：将一根苇杆削成箭，向敌阵射去，然后仔细观察动静。

但见一个叛兵拾起用苇杆削成的箭，向一个将领报告，意思是官军箭已用完，在用苇箭代替。那将领当即取过苇箭观看，其他将领都向他围拢过去。张巡马上断定，那取过苇箭的定是尹子奇，就命在旁的部将南霁云对准他射箭。那人果然是尹子奇，当即被南霁云射伤。叛军为了救护尹子奇，仓皇撤走，睢阳的军民也得到了暂时喘息的机会。

但是好景不长，过了两个月，尹子奇又率军来攻，兵力也增加了好几万。这一回他采取长期围困的策略，在城外掘了三重深壕，准备困死睢阳军民。

睢阳城里的粮食很快吃光，饿死的士兵越来越多。到后来，能守城的只剩下 600 多人。张巡和这些能活下来的，都伤病在身，疲乏不堪。这时，一切能填肚子的东西都填进了肚子，饥饿的威胁越来越严重。于是张巡又下令张网捕麻雀，掘洞捉老鼠，并把兵器上的皮革解下来煮了吃。

尽管如此，仍然没有人投降叛军。最后由于粮尽援绝，睢阳城终于被叛军攻破，张巡、许远等壮烈牺牲。

图穷匕见

语出《战国策·燕策三》："轲既取图奉之，发图，图穷而匕见。"

战国末期，燕国的太子丹曾在秦国做人质。秦王嬴政（即后来的秦始皇）很瞧不起他，也不放他回国，后来让他回国，又在途中设计害他。因未得逞，他才得以回到燕国。这时，秦国实力强盛，不久便攻灭了韩、赵两国，接着又向燕国进军。为此，太子丹决定派人去行刺秦王，以期扭转局势。

太子丹物色到一位勇士，名叫荆轲。他擅长剑术，是行刺秦王的最好人选。为了使荆轲能接近秦王，特地为他准备了两样秦王急于想获得的东西：一是从秦国叛逃到燕国的将领樊於期的头颅，二是燕国督亢地区（今河北涿县东）的地图，表示燕国愿将这块地方献给秦国。

这两样东西分别放在匣子里。行刺秦王的匕首，就放在卷着的地图的最里面。此外，还为荆轲配了一名助手，此人叫秦舞阳。临行时，太子丹等身穿丧服，将荆轲送到易水边。

秦王得知燕国派人来献两样他最需要的东西，非常高兴。在都城咸阳宫内隆重接见。荆轲捧着装有樊於期头颅的匣子走在前面，秦舞阳捧着装有地图的匣子跟在后面。

秦舞阳在上台阶时，紧张得双手颤抖，脸色变白。荆轲赶紧作了解释。并按秦王的要求，接过秦舞阳手里装有地图的匣子，当场打开，取出地图，双手捧给秦王。秦王慢慢展开卷着的地图，细细观看，快展到尽头时，突然露出一把匕首。荆轲见匕首露现，左手抓住秦王衣袖，右手举起匕首便刺。

但是，荆轲并未刺中秦王。秦王急忙拔剑自卫，却又一时拔不出来。于是两个绕着柱子转。卫兵因没有秦王命令，不敢擅自上前。

就在这紧张的时刻，秦王的侍臣突然将衣袋抽打荆轲，并向秦王喊叫把剑推到背后拔出。秦王顿时醒悟过来，迅速拔出剑来，一剑砍断了荆轲的左腿。荆轲倒地后，将匕首投向秦王。结果未中，被拥上来的卫兵杀死。

物以类聚

语出《周易·系辞上》："方以类聚，物以群分。"宋普济《五灯会元》卷三十九之温州护国饮禅师："有句无句，明来暗去；活捉生擒，捷书露布；如藤倚树，物以类聚。"

战国时，齐国有个很聪明的人，名叫淳于髡。他身材比较矮小，为人滑稽，屡次出使诸侯国，从未受过屈辱。齐威王死后，齐宣王继位。宣王要招纳贤士，让淳于髡推举人才。淳于髡在一天之内，就向宣王推举了7位贤能之士。宣王感到惊讶，向淳于髡招招手说："你过来，我有话对你说。我听说人才是很难得的，方圆千里之内能选出一位贤士，那就好像贤士多得肩并肩站着一样了；百年之中出现一位圣人，那就好像圣人多得一个跟着一个来了。现在，你一天之内就推荐了7位贤士，不是太多了吗？"

淳于髡回答说："不能这么说。要知道，同类的鸟儿总是在一起聚居，同类的野兽总是在一起行走。到水泽洼地里去寻找柴胡、桔梗这类药材，永远也找不到一点；而到睾黍山、梁父山的背面去寻找，就可以成车地装载回来。这是因为，同类事物相聚在一起。我淳于髡也可以算是贤士吧，您到我这儿来寻找贤士，就好比河里去汲水、用火石去打火那样容易。我还可以给您再推荐一些贤士呢，何止这7个！"

金石为开

语出晋葛洪《西京杂记》，子云曰："至诚则金石为开。"

汉朝初，北部的匈奴不断南下骚扰。名将李广奉命抗击匈奴，一生几乎全都在北方度过。他从小练就一副好臂力，射箭百发百中。他在北方任太守几年，匈奴就不敢南下一步，既怕他又敬重他，称他为"飞将军"。

有一次，李广到冥山南麓打猎，忽然发现草丛里伏着一老虎，马上张弓搭箭，全神贯注猛力地将箭射去。但那只老虎丝毫不动，又过了一会，那老虎还是没有动弹。于是，李广小心翼翼地过去观察。

李广走近一看，原来草丛中伏的不是老虎，而是一块像老虎的大石头。再看那箭，箭头和箭尾上的羽毛都已深深射入石头之中。他觉得奇怪，不相信自己有那么大的力气，竟把箭射进了石头。于是退后一段距离，再张弓搭箭，猛力将箭向石头射去。一连几箭，都未能射进石头。近前观看，这些箭有的箭头破碎，有的箭杆折断。这才知道，再也无法射进石头了。

过了许多年，人们对这件事还感到很神奇，便去向学者扬雄请教。扬雄回答说："只要诚心诚意，那么即使是像金属和石头那样坚硬的东西，也会被打开的。"

金屋藏娇

这个成语故事见汉班固《汉武故事》："（胶东王）数岁，长公主嫖抱置膝上，问曰：'儿欲得妇不？'胶东王曰：'欲得妇。'长公主指左右长御百余人，皆云不用。末指其女问曰：'阿娇好不？'于是乃笑对曰：'好，若得阿娇作妇，当作金屋贮之也。'"明释澹归《风流子·上元风雨》："素馨田田半路，当年梦，应有金屋藏娇。"

刘彻是汉景帝刘启的儿子。4岁时被封为胶东王。刘彻小时候长得聪明伶俐，活泼可爱，宫中人人都喜欢他。

一天，风和日丽，百花争艳，10余位宫女、内侍陪着胶东王刘彻在后花园玩耍。陪着刘彻玩耍的还有他的姑母长公主刘嫖，她已20多岁，长得如花似玉，已经出嫁了。刘彻和姑母关系比较好，喜欢和她在一起玩耍。他们玩捉迷藏、扑跌戏等游戏之后，正在休息之时，长公主刘嫖将刘彻抱在膝上问道：

"孩子，你想不想要个媳妇？"

"想要啊！"刘彻回答道。

长公主指着身边左右艳丽的宫女，问道：

"你看，这么多人，相中哪一个了，谁当你的媳妇？"

"不要，不要，"刘彻急忙回答道："我一个都没相中。"

长公主有一个爱女名唤阿娇，只有三四岁，长得像一朵花似的美丽，今天也领来游玩。公主最后指着她的女儿，问道：

"你看阿娇怎么样？能不能做你的媳妇？"

"好！"刘彻高兴得手舞足蹈起来道："我要是能得到阿娇做媳妇，就造一幢华贵富丽的金房子，将她藏在里面。"

金城汤池

语出《汉书·蒯通传》："皆为金城汤池，不可攻也。"

秦朝末年，陈胜、吴广率领起义军建立了张楚政权。接着，陈胜派武信君武臣带领一支义军进攻燕、赵之地。武信君进攻的第一个目标是范阳县城。

在这样的形势下，有个名叫蒯通的人求见范阳县令徐公，对他说："我是本县的一个平民，知道你快要死了，特地前来吊唁。不过，我也要向你祝贺，因为你今天接见了我，我可以使你新生。"

徐公听了蒯通的话，有点莫名其妙，说："先生，你说得太玄了，我听不懂什么意思。"

蒯通听了，哈哈一笑，说："徐公，你在范阳当了10多年县令，受过你严刑拷打甚至被拷打致死的人，多得不计其数。他们本人及其亲属早就想找你报仇了，只是因为秦朝的法律非常严酷，他们才不敢对你怎么样。现在天下大乱，陈胜王已派武信君率兵向范阳压来。城里的百姓如果乘机向你进行报复，你的头颅就保不住了。所以我才提前来向你吊唁呀！"

徐公听后觉得有道理，说："先生，你讲得很有道理，现在局面确实很严重。那你使我新生的方法又是什么呢？"

蒯通接着说："我虽然不是一个很有学识的人，但听说武信君礼贤下士，他一定会派人来向我请教平定燕、赵的策略。我打算这样对他说：用流血的战争来攻城略地，并不是好办法。如果你采取我的计策，则用不着损失一兵一卒，只要发一个文告，便可以平定千里之地。现在，范阳县令徐公准备献城向你投降，如果你不接受他的投降，杀了他，那么燕、赵之地各城的守将都会知道，献地投降是要死的，他们就一定会死心塌地坚守城池。如果那样的话，他们的城墙就会变得像金属铸造的那样坚固，护城河也像灌满了滚烫的开水一样不可逾越，你的军队就攻不进去了。依我之见，你不如接受范阳徐公的投顺，给他丰厚的赏赐，让他坐着华丽的马车，在燕、赵之地兜兜风。燕、赵之地的守将们得知，范阳徐公投顺之后比过去更荣华富贵，便会争先恐后地向你投顺。那时，你只要发布一个文告，就可以平定千里之地了。"

徐公听了蒯通的这番话，说："你说得对极了，使我茅塞顿开，太谢谢你了！"

于是，徐公马上用车送蒯通去见武信君。武信君听了蒯通的话，果然马上采纳他的策略，立即派出庞大的车队接受徐公的投顺，并给了他丰厚的赏赐。

不久，这个消息传遍燕、赵之地。结果，有30多座城池的守将投降。武信君很快就平定了燕、赵之地。

贪天之功

这个故事出自《左传》僖公二十四年："窃人之财，犹谓之盗，况贪天之功，以为己力乎！"

晋国公子重耳流亡在外19年后，终于回国夺得政权，他就是晋文公。为了报答有功之臣，晋文公对那些跟随他流亡的人论功行赏，给了许多优厚的待遇，可是，却把介之推给忘了。介之推既没有得到赏赐，也没有得到提拔。

其实，介之推的功劳是很大的。在重耳流亡期间，介之推一直跟随他，对他照顾得无微不至。在挨饿的时候，介之推甚至把自己大腿上的肉割下来给重耳煮汤吃。

介之推是个很有气节的人，他对没有得到重耳的封赏，毫不介意，甚至认为自己根本就不该受赏。重耳回国之后，他就假称有病，回家隐居，侍奉老母，甘守清贫，宁愿编草鞋为生，也不去图谋禄位，并且说："献公9个儿子，只有国君在世。上天不绝晋国，必定会指派主人。主持晋国祭祀的人，不是国君又是谁？所以，这实在是上天立他为君的。可是，那些跟随他流亡的人却以为是自己的力量，这不是在骗人吗？偷人家的财物尚且要被称为盗贼，更何况贪取上天的功绩，把它当做自己的力量呢！下面的人把罪过当成合理，上面的人对欺骗加以赏赐。上下相互蒙蔽，这就难以相处了！"

贪生怕死

这个成语见明罗贯中《三国演义》："贪生怕死之徒，不足以论大事。"

西汉末年，刘立继承梁国的王位后，荒淫暴虐，鱼肉百姓，并不把地方官员放在眼里，为所欲为。

成帝死后刘欣即位，史称汉哀帝。刘立更是不把朝廷放在眼里，又任意杀害下属中郎曹将等人。

哀帝大怒，派廷尉等高官去梁国查办此案。刘立装病不见。于是办案官员传讯梁国大臣，指责刘立不思悔改，对抗朝廷，并透露风声说，圣上将下令收回梁王印玺，将他逮捕下狱。

直到这时，刘立才感到事态严重，赶紧脱去王冠，跪在地上请罪。他把自己犯罪的原因归之于幼年失去双亲，在宫中与宦官、宫女相处，染上了不良习气；加上左右大臣搬弄是非，常把他一些细小的过失传到朝中，以至圣上对他不满。

接着，他又可怜巴巴地说："这回我杀了中郎曹将，确实罪不容赦，但是现在腊冬快过去，新春大赦就要到来。由于我贪恋生存，畏惧死去，所以假装生病，并非是故意对抗朝廷。这样做是希望侥幸拖到明春等待大赦。"果然，到了第二年春天，哀帝大赦天下，刘立又一次逍遥法外。但是，刘立还是没有好下场。后来王莽篡权，刘立被废为平民，不久自杀身死。

夜郎自大

语出《汉书·西南夷传》："滇王与汉使言：'汉孰与我大？'及夜郎侯亦然。各自以一州王，不知汉广大。"清曾朴《孽海花》第二十四回："夜郎自大，我国若不大张挞伐，一奋神威，靠着各国的空文劝阻，他哪里肯甘心就范呢！"

夜郎国的故址在贵州西部地区，娄山关东北 20 里的地方，在西南 60 多个部族中还算是较大的一个。国内四面环山，交通不便。夜郎的国王姓竹名多同，相传有一个女子在河边洗衣服，忽然看见水面上飘过来三节大竹子，并听到竹子里还有小孩子的哭声，赶紧把竹子捞起剖开，果然是一个男婴，于是便抱回去抚养。他长大以后，既有才学，又有武艺，后来做了夜郎国王，就姓竹。

唐蒙见了夜郎国王后，便向他转达了朝廷意愿，以封侯和把他儿子任命为郡守为条件，并赠送了华丽的绸缎等礼物，提出改夜郎为郡县。由于国王从未离开过自己的国土，也不知外界的情形，所以一直认为自己的地域广大，便问使者："汉朝和我们相比，哪个大？"当使者告诉他说汉朝有 13 个州府，每个州府又有许多县，夜郎的国土只有汉朝一个县那么大。夜郎国王才同意改为汉朝的郡。

夜以继日

语出《孟子·离娄下》："周公思兼三王，以施四事，其有不合者，仰而思之，夜以继日；幸而得之，坐以待旦。"

周武王去世后，他的儿子姬诵继承了王位，称周成王。成王继位时只有13岁，由他的叔父周公姬旦辅佐朝政。

周公姬旦是西周杰出的政治家。他在哥哥姬发领导的攻伐殷商的事业中，起了很大的作用。担起辅佐朝政的重任后，他忠于职守，为巩固周王朝的统治呕心沥血。不论是在吃饭或是在做私人的其他事情，只要一有公事，他就立即停下来干公事。立国之初，政局还不很稳定。有些贵族猜忌他，在成王面前造谣，说他有篡位的野心；还有的兄弟和纣王的儿子武庚勾结起来，发动武装叛乱。此外，东方的夷族也乘机作乱。但周公姬旦坚忍不拔，遵照武王的遗志办事。他消除了成王的误解，击败了武庚的叛乱和夷族的反抗，制定了礼法和刑律，继续分封诸侯，并建筑洛邑，设立了东都。

孟子十分推崇他为国操劳不辞辛苦的精神。说："周公想兼学夏、商、周三代开国君主的贤德，来把周朝治理好。如果有不适合于当时情况的，他就抬起头来想。白天想不好夜里继续想，等想出了好的办法，便坐着等待天明，马上去施行。"

刻舟求剑

语出《吕氏春秋·察今》："楚人有涉江者，其剑自舟中坠于水，遽契其舟曰：'是吾剑之所从坠。'舟止，从其所契者入水求之。"

战国时，楚国有个人坐船渡江。船到江心，他一不小心，把随身携带的一把宝剑掉落江中。他赶紧去抓，已经来不及了。

船上的人对此感到非常惋惜，但那楚人似乎胸有成竹，马上掏出一把小刀，在船舷上刻上一个记号，并向大家说：

"这是我宝剑落水的地方，所以我要刻上一个记号。"

大家都不理解他为什么这样做，也不再去问他。

船靠岸后，那楚人立即在船上刻记号的地方下水，去捞取掉落的宝剑，捞了半天，不见宝剑的影子。他觉得很奇怪，自言自语说：

"我的宝剑不就是在这里掉下去吗？我还在这里刻了记号呢，怎么会找不到的呢？"

至此，船上的人纷纷大笑起来，说："船一直在行进，而你的宝剑却沉入了水底不动，你怎么找得到你的剑呢？"

其实，剑掉落在江中后，船继续行驶，而宝剑却不会再移动。像他这样去找剑，真是太愚蠢可笑了。

《吕氏春秋》的作者也在写完这个故事后评论说，这个"刻舟求剑"的人是"太愚蠢可笑了"！

卷土重来

语出唐·杜牧《题乌江亭》诗："江东子弟多才俊，卷土重来未可知。"

秦朝灭亡后，项羽和刘邦为了争夺天下，开始了长达 4 年的争战，历史上称为"楚汉相争"。

当时，项羽手下一支最精锐、也最受他依赖的部队，是他和叔叔项梁在吴中一带组织的 8000 子弟兵。这些子弟中有许多是他们的好朋友，十分勇敢善战。项羽就是以这 8000 精兵为基础，逐渐发展成一支强大的队伍的。

根据当时的形势来看，项羽兵力强于刘邦，本来可以打败刘邦的，但他没有知人之明，刚愎自用，轻敌骄傲，结果在垓下中了刘邦的手下大将韩信的埋伏，吃了一个大败仗，手下的 10 万楚兵死的死，逃的逃，最后只剩下 8000 江东子弟兵守着他。

项羽在四面受敌的情况下，带着江东子弟兵突围，往南逃到了乌江。这时，前有浩瀚的乌江，后有韩信的追兵，而他的身边，只剩下 28 人了。在这危急的情况下，乌江亭长撑着一只渡船靠岸，对他说："江东虽小，但仍有千里之地，还可以在那里称王，现在只有我这里有船，你赶快过江，汉军就是追到，也是无法过江的。"

可是项羽不肯上船，他苦笑着说："这是老天叫我死，我怎么能渡江而走呢？况且当初我带领江东 8000 子弟渡江西进，如今没一个人活着回去。即使江东父老可怜我、宽恕我，我有什么脸去见他们呢？"

说完，他把自己的乌骓马送给亭长，表示谢意。当汉军赶到，项羽又连杀数十人，才在乌江边自刎而死，年仅 31 岁。

后来，唐朝诗人杜牧有一次来到项羽自杀的乌江边，想起项羽和他 8000 子弟兵的英勇和失败，十分感慨，为项羽惋惜，认为项羽当时如渡江而去，也许还会卷土重来，于是在乌江亭上题了一首诗，其中有两句是："江东子弟多才俊，卷土重来未可知。"

指天画地

"指天画地"成语出自《后汉书·侯霸传》。侯霸字君房，出身于名门，矜严有威容。他立志好学，不爱经营产业。王莽初年，他曾做随县县令，由于治政有方，到了建武四年（公元 28 年），汉光武帝刘秀封他为尚书令。从此侯霸更是潜心研究先前的法律，凡是他认为有益于社会的，一概收录，然后奏请皇上实施。侯霸死后,刘秀亲写吊书,颇为感伤。后光武帝令沛郡太守韩歆接替侯霸职位。韩歆官至大司徒。

韩歆是个武将,性情耿直,说话从不避讳,说出话来,常常使汉光武帝难以忍受。他一见光武帝读隗嚣、公孙述等传记书时就说亡国之君都有才能,连桀、纣也是很有才的。光武帝听后心里很不舒服,认为韩歆有意旁敲侧击。有一次,韩歆举出了许多例证说来年将有饥荒。他指天画地,慷慨直言。这下惹恼了光武帝,被罢官返乡。虽然这样,光武帝仍不解恨,又派使者前往宣诏,对韩歆严加指责。韩歆觉得难以做人,便与儿子韩婴一道自杀了。事出之后,光武帝为了平息众人之怒,又用厚礼埋葬了韩歆父子。

"指天画地"形容说话过于兴奋,言辞激切,毫无顾忌。后亦形容说话放肆,目中无人。

相敬如宾

"相敬如宾"成语出自《左传》僖公三十三年。

春秋时期,晋国大夫臼季在出使途中,经过冀国时发现一个名叫冀缺的

相敬如宾

人在田地里锄草,他的妻子给他送饭吃,非常恭敬,相互间就像客人一样。臼季对这件事很感兴趣,就和冀缺一起回到晋国,臼季对晋文公说:"恭敬,是很有德行的表现;能恭敬必有德行。要以德行来教育百姓,请君王重用冀

缺。我还听说：出门如像在会见宾客，承担事情如参与祭祀，这是具有仁德的准则。"晋文公说："他的父亲（冀芮）是有罪的人，这样能行吗？"臼季说："舜帝曾因鲧有罪而流放了他，但举拔了有才干的鲧的儿子禹；管仲曾是齐桓公的敌人，但桓公即位后任用他为国相，并且成就了霸业。……只要重用他的长处就可以了。"最后，晋文公任用冀缺为下军大夫。

后人将"敬，相待如宾"变化为"相敬如宾"成语，比喻夫妻之间相互尊重。

相得益彰

这个成语故事出自《史记·伯夷列传》。相得：互相配合、映衬；益：更，更加；彰：明显，显著。

《伯夷列传》是《史记》70篇列传中的第一篇。本篇传记以议论为主，叙事为辅。文中简要地记述了孤竹君（孤竹，国名，传说为商汤所封，在今河北卢龙）的两个儿子伯夷和叔齐互相让位而逃，最后不食周粟，饿死首阳山上的事迹，歌颂了他们注重节义的品德，同时说明伯夷、叔齐之所以能闻名后世，与孔子的称颂有直接关系。

孔子在《论语·公冶长》《论语·述而》中，对伯夷都有过很高的评价和赞颂。孔子说：

伯夷、叔齐，不念旧恶，怨是用希。

求仁得仁，又何怨乎？

意思是说，伯夷、叔齐不记别人过去的仇恨，所以他们的怨恨情绪很少。这是因为他们的目的是在求仁，而得到的正是仁，又有什么可怨恨的呢？

司马迁在《史记·伯夷列传》中，写道：

伯夷、叔齐虽贤，得夫子而名益彰，颜渊虽笃学，附骥尾而行益显。

骥：千里马；附骥尾：比喻追随贤人之后。意思是：伯夷、叔齐虽是贤德，也只是得到孔子的赞誉后名声才更加显赫；颜渊虽然专心好学，也只是因为他追随孔子，德行才更加显著。

后来，从上面这段话中就引出"相得益彰"这个成语，用来比喻两者相互协调、配合，就能使双方的长处和优点更为显著、突出。

草菅人命

"草菅人命"成语出自《汉书·贾谊传》。

贾谊，洛阳人，汉文帝时的著名文学家。汉文帝曾聘他为博士；还担任过太中大夫。因遭到忌妒、排挤，被调往长沙，为长沙王的太傅（即老师）。因贾谊有才学，后来汉文帝又把他调回京，当梁怀王刘揖的太傅。刘胜是文帝的小儿子，文帝特别宠爱他，打算将来让他继承皇位，所以特请贾谊来教他。

可是，贾谊认为对皇子不仅要教他读书，而且更要教他如何做人。假使像秦末赵高那样教秦二世胡亥（秦始皇儿子），所教的是严刑酷狱，所学的不是砍头割鼻子，便是满门抄斩和夷三族，结果胡亥一即位就乱杀人，视杀人轻如割茅草一样。这难道因为胡亥天生的就是一个恶魔吗？不是的，教育他的人没有教他走

草菅人命

上正道，这是个很大的原因。后来梁怀王刘胜不小心从马上摔下来死了，贾谊自觉身为老师失职，常常悲痛流泪，不几年也忧郁而死。

后人根据"其视杀人，若刈草菅然"演化出"草菅人命"成语，揭露批评统治者把人命视同草菅，任意迫害、残杀。

南箕北斗

"南箕北斗"成语出自《诗经·小雅·大东》。

西周时期，周王室对东方各诸侯国实行残酷压榨，东方人民苦于赋役，极为不满，于是写了一首诗来表达自己的反抗情绪，这就是有名的《诗经·小雅·大东》。诗共有7节，第四节是这样直言不讳地揭露当时不合理的社会现实：东方诸国的子弟，常年劳累得不堪忍受；而西方周人的子弟，都是衣着华丽，皮裘暖身，甚至连他们的家奴的子弟，都可为官为吏，作威作福。然后诗人又借对天上的南箕和北斗星的描写，来说明不合理的现象到处都存在："维南有箕，不可以簸扬；维北有斗，不可以挹酒浆。"意思是：南方的形如簸箕的箕星并不能用来簸扬谷糠；北方的状似长柄斗杓的斗星，也不能用来舀酒浆。

后人根据这四句诗，概括出"南箕北斗"作成语，用以比喻有名无实。

甚嚣尘上

"甚嚣尘上"由"甚嚣，且尘上也"简化而来，意思是人声喧嚷，尘土飞扬。"甚嚣"，喧嚷很厉害。语出《左传》成公十六年。

公元前575年，郑国背叛晋国，倾向楚国，晋国出兵讨伐郑国。郑国向

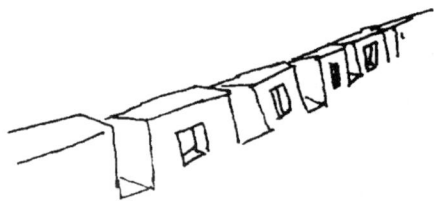

甚嚣尘上

楚国救援，楚国兴兵援郑。一场大战即将开始。晋师渡过黄河，听到楚兵将至，有些将帅犹豫，想退兵，有的反对。不久，两军相遇于鄢陵，双方摆开阵势，严阵以待。

楚共王登上战车之顶瞭望晋军阵容，令尹（官名）子重命令太宰（官名）伯州犁（从晋国投奔过来的）守立王的身后。王问："（晋军）车子向左右驰骋，这是为什么呢？"懂得晋军战法的伯州犁回答道："它是在召集军吏。"王说："都集中到中军了。"伯州犁说："这是合起谋划。"王说："帐幕都张开了。"伯州犁说："这是在先君的神主前虔诚地占卜。"王说："撤掉帐幕了。"伯州犁说："即将发布作战命令了！"王说："喧嚣得厉害，而且尘土都飞扬起来了。"伯州犁说："这是填井平灶为了方便军事行动。"

随后，晋、楚开战。战争结果，楚国败北。

后人将"甚嚣，且尘上也"简化为"甚嚣尘上"成语，多指反动者的言论非常嚣张，或反动气焰十分嚣张。一般作贬义成语用。

洪水猛兽

"洪水猛兽"由孟子"昔者禹抑洪水而天下平，周公兼夷狄、驱猛兽而百姓宁"的话概括而来，以洪水和猛兽来比喻大的祸害。出自《孟子·滕文公下》。

孟轲，是战国时代一位才思敏捷的思想家。他的善于雄辩，在当时就引起了人们的注意。一天，他的学生公都子向孟子问道："外人皆称老师您好辩论，请问这是为什么呢？"

孟子毫不犹豫地回答说："我难道很喜欢辩论吗？我是不得已才辩论的呀！"

接着，他就滔滔不绝地大谈起历史来。孟子说："人类社会产生已是有很长的历史了，但是太平一时，混乱一时。当尧帝的时候，大水到处横流，中原大地泛滥成灾，龙蛇遍地，人无安身之处。生活在低洼处的人们在树上搭巢，生活在高地的人们挖洞居住。

"《尚书》说：'洚水警告我们。'洚水者，洪水也。尧帝命令大禹去治理洪水。禹疏通河道，使水流入大海，将蛇、龙驱往草泽之中，大水沿着河床向下流动，长江、淮水、黄河、汉水都是这样的。危险已经消除，害人的鸟兽已经没有了，然后人民才能平土而安居之。"

后来，孟子在赞扬了古代圣君尧舜、批判了历代暴君之后，赞颂了孔子及其所作的《春秋》，同时又极力地批判了杨朱和墨子的学说，说："杨朱主张个人第一，就是眼里没有君主。墨子主张兼爱，就是眼里没有父母。眼里没有父母、君主，就等于是禽兽。"孟子引用公明仪的话说："厨房里有肥肉，马圈里有肥马，可是老百姓的脸有饥色，原野里躺着饿死的尸体，这就是率领着禽兽来食人。"杨朱、墨子的学说不消灭，孔子的学说就无法发扬，这便是荒谬的学说欺骗了老百姓，阻塞了仁义的道路。仁义的道路被阻塞，也就等于率领禽兽来吃人，人与人之间也将互相残杀。

最后，孟子说道："从前大禹制服了洪水，天下才得到了太平；周公兼并了夷狄，驱逐了猛兽，老百姓才得到了安宁；孔子写出了《春秋》，乱臣贼子才感到了害怕。……我也要端正人心，消灭邪说，反对偏激的行为，驳斥荒谬的言论，来继承大禹、周公、孔子3个圣人的事业。这哪里是喜欢辩论呢？我是不能不辩论的呀！能以言论来反对杨朱、墨子的，才能称做圣人的门徒。"

这里的"率兽食人"，后人也作成语用，形容暴君虐害人民。

举棋不定

"举棋不定"，比喻做事犹豫不决。语出《左传·襄公二十五年》。

公元前 548 年，卫献公从夷仪派人与宁喜商量复位事情，宁喜同意。太叔文子听到这件事后，说："啊呀！《诗经》里说的'我的自身尚不能为人容纳，哪还顾得上我的后代？'宁子可以说是不顾其后代了。这难道可以吗？恐怕是一定不可以的吧。君子的行动，要考虑到结果，要考虑到能够做到。"太叔文子还说道："现在宁子看待国君不如下棋，他如何能避免灾祸呢？下棋的人举棋不定，是胜不了对手的。而况安置国君都不能决定呢？一定是免除不了灾难了。已经相传了 9 代的卿族（宁家出自卫武公，到宁喜已 9 世），一朝被灭亡，太可悲了啊！"

举棋不定

闻雷失箸

"闻雷失箸"出自《三国志·蜀书·先主传》。

东汉末年，豪强并起，北方涿县的刘备也趁乱拉起了队伍。由于徐州牧陶谦等人的推荐，刘备于建安元年（196年）领兵驻扎徐州、下邳一带。但不久就被吕布、袁术打败，只好去投奔曹操。曹操知道刘备是一个有胆识的人，即给他以很高的礼遇。但是，刘备却一直胸怀异志。当时，汉献帝刘协由于不满曹操专权，将机密诏令藏在衣带中，要车骑将军董承组织力量诛灭曹操。刘备也是董承联系的对象之一。

正当董承等人密谋策划的时候，有一天曹操来到了刘备的住处。两人一边喝酒一边闲谈。曹操突然问刘备："你说当今天下谁可以称得上英雄？"刘备故意说："我看袁绍可以算得上英雄了。"曹操摇摇头，说："我说，当今天下，只有你我2人可以称得上英雄！袁绍这样的人，根本不配！"刘备最怕的就是曹操知道自己的心思。因此，多少天来，他表面上一直装得庸庸碌碌，常常在菜园子里消磨时间，希望曹操把自己看成是一个胸无大志的凡夫俗子。现在，曹操竟当着自己的面，把他说成是英雄，他不觉大吃一惊，连手中的匕箸也吓得掉到了地上。恰巧，这时突然响了一个霹雳。刘备乘机掩饰说："这声霹雳真响，吓得我把匕箸都失落在地。"

刘备知道曹操对自己的看法后，便决心参加董承等人谋划的诛杀曹操的活动。但尚未等到他们动手，已被曹操发觉，董承、王子服、吴子兰等都被诛杀。只有刘备和在外地的马腾漏网。后来，人们从这个故事引申出"闻雷失箸"这个成语，比喻内心惊慌，巧为掩饰。后亦比喻一场虚惊。

是古非今

"是古非今"成语出自《汉书·元帝纪》。

汉宣帝刘询是在乡下祖母家长大的,他娶村妇许氏生了刘奭,即后来的汉元帝。元帝两岁时,大将军霍光等废昌邑王刘贺,拥立宣帝。元帝8岁时,被立为太子。元帝生性仁弱,见宣帝任用酷吏,经常杀害大臣,便主张起用儒生,多次劝说宣帝。宣帝听后十分气愤,说道:"汉家自有制度,本以王、霸之道杂用,怎么能只用德教来治理天下呢?况且儒生不通时务,喜欢是古非今,常使人在名利上昏乱,不知自己的职责,他们如何能称职?"宣帝还叹息说:"乱我汉家天下者,必为太子。"因此,后来他便渐渐地疏远了太子,而偏爱淮阳王,说淮阳王明察敢用刑法,可以继承皇位。

汉宣帝虽有意让淮阳王取代太子,但因与许氏为多年患难夫妻,最后还是依从了许氏,由刘奭继位。

后人以"是古非今"为成语,表示复古主义。

"是古",一切都以古代的为标准,古人的东西都是对的;"非今",现在的东西都不好,都不能作为标准。实为错误的认识。

背城借一

"背城借一"出自《左传》成公二年。"背城",脊背朝着自己的城池;"借一",借一战。背向自己的城池,面对入侵之敌,决一死战。与"背水一战"意思相差不多。

公元前589年春,齐国出兵攻打鲁国。卫国和晋国出兵支援鲁国。晋军在鞍地（今济南市）与齐军展开大战。齐军大败。晋军追赶齐军，绕华不注山追了3圈。后来在追途中晋国大将韩厥有意放走了齐顷公。晋、鲁、卫军长驱直入，从丘舆进入齐国，攻打马陉。齐顷公派国佐（官名）宾媚人献土地和玉磬等求和。晋人不同意，提出：要让萧同叔子作为人质，齐国境内的土地田陇全部东向。宾媚人不同意，并引用《诗经》中的诗来与晋人辩论。最后，宾媚人说："你们惠临我国而求福佑，不灭我们的国家，让我们与贵国继续昔日的友好，那么我们对先君的破旧器物、土地是绝不敢爱惜的。如果你们不允许，我们就只好请求招收残余，背城借一。"最后经鲁、卫两国出面调解，到秋天，晋军与齐宾媚人在爰娄结盟，让齐国把汶阳的土地归还给鲁国。鲁成公在上郒会见晋军高级将领并给予赏赐。

后人以"背城借一"为成语，或比喻决一死战，或表示奋斗到底，坚持到最后等。

侯门如海

"侯门如海"（亦作"侯门似海"）和"陌路萧郎"这两个成语，都出自唐朝范摅编撰的《云溪友议》。

唐朝时候，有一位秀才，姓崔名郊，诗赋和文章都写得很好。在他成名之前，爱上了他姑母家的一个婢女。这个婢女不但长得端庄美丽，而且天赋歌喉，唱歌唱得非常动听。她知道崔郊很有文才，也很敬慕他。这样，两人暗地里经常往来。不久，崔郊姑母家境衰落，便把婢女卖到一个大家府第。崔郊十分想念这个婢女，但一直得不到见面的机会。

有一年清明节，崔郊外出春游，一个偶然的机会，在路上遇到婢女了。当时她站在一株柳树下面，绿色的柳枝衬着她粉红色的衣衫，婢女显得更加美丽可爱。崔郊想走上前去和她打招呼，但是转念一想，她已是显贵家的人了，

侯门如海

而且身边还有女伴，不可冒失，便退了回来。那个婢女虽然也发现了崔郊，但除了对他作了一个别人很难看出来的微笑以外，再也不敢有其他表示。这样，两个人也只好远远相望，难以接近。崔郊十分惆怅，随口吟诗一首：

> 公子王孙逐后尘，
> 绿珠垂泪滴罗巾。
> 侯门一入深如海，
> 从此萧郎是路人。

后来，人们便以"侯门如海"比喻门禁森严，一般人进不去；或因地位不同了，双方疏远了。又以"陌路萧郎"形容情人或好友彼此分离后，竟像过路的陌生人一样不相识了。

信口雌黄

"信口雌黄"原作"口中雌黄"，出自《晋书·王衍传》。晋朝人王衍，自以为读了不少书，便夸夸其谈，最后成了一个有名的清谈家。王衍喜欢老子、庄子的学说，谈的也多半是老庄的思想，鼓吹"无为而治"。在清谈时，王衍往往像一个学者的样子，手执玉柄麈尾，轻声慢语，从容不迫，似乎满肚子都是学问。当时因清谈之风盛行，故王衍自然成为一部分人的崇拜对象。

但是，王衍夸夸其谈的那一套，往往是前后矛盾，漏洞百出。有时听的人当场指出他的错误或提出疑问。可是他却毫不在乎，甚至不加思索，随口更改，一点也不脸红，仍然滔滔不绝地清谈。因此，当时人们都讽刺他是"口中雌黄"。据说，当时人们写字多用黄纸，叫做"黄卷"，写错了字，就用雌黄（即鸡冠石，一种矿物）把错字涂掉，然后改写。因为雌黄与黄纸的颜色差不多，所以涂改后也看不出有什么特别明显的痕迹。因此，人们便把涂改错误的字句叫做"雌黄"。王衍随口更改，被称为"口中雌黄"。

后来，人们将"口中雌黄"发展为"信口雌黄"，形容不负责任地随口乱讲和妄加评论等。

食言而肥

"食言而肥"成语出自《左传》哀公二十五年。

公元前470年夏，鲁哀公从越国回国，季康子和孟武伯赶到鲁国的五梧去迎接。郭重为哀公驾车，看到季康子和孟武伯2人，对哀公说："这两人的坏话多得很，请君一一追究。"哀公在五梧设宴招待大家。武伯祝酒，很厌恶郭重，故对郭说："你为何长得这么肥呢？"季康子接上说："请罚彘喝酒！因鲁国紧挨着仇敌，所以我没有获得机会跟从君王，得免远行。"季康子又重问了郭重肥的事。

食言而肥

哀公说："这个人吃自己的话吃多了，能不肥吗？"这次酒喝得都不很愉快，而且哀公与大夫们从此互相都产生了恶感。

后人从这个故事中引申出"食言而肥"成语，形容为了占便宜而说话不算数。

独步一时

这个成语故事出自《宣和画谱》卷十一。独步：独一无二，特别突出。

郭熙是北宋中期杰出的山水画家之一，有关他生平事迹的资料不多。据宋代郭若虚所著《图画见闻志》说郭熙是河阳温（今河南孟州市东）人。郭熙作品的题材广泛，目前现存的作品虽不满 20 幅，但在各种文献中所记载的作品，画题不同的就将近 100 幅。这些作品中描绘季节和气候特征为主题的有《早春图》《溪山秋霁图卷》《关山春雪图》《秋晚残霞图》《秋山红树图》《江村清夏图》《峨眉雪霁图》《晴峦图》《烟雨图》等等，有 30 幅以上，约占三分之一。这是我国山水画的优秀传统，也是郭熙绘画的独特成就。他在构图、造境、运用笔墨的技法特点上，都独具风格。在绘画艺术上，他重视向前人学习，从其他前代大师吸取营养，但更重视精研现实，兼收并蓄，勇于创新，综合前人的技法长处，用以表现自己独特的感受。

郭熙不仅是一位卓越的画家，他在绘画理论方面也很有贡献。他主张广泛学习前人，反对局限于模仿一家，并重视深刻理解自然，再进而吸取精华，进行创造；他重视多方面地研究自然，全面地进行观察，掌握它们的特征和规律。他还提出"三远"和"三大"的山水画的构图法则和山水画中山、树木和人的比例关系。这些方面对后世绘画都有很大影响。

综观郭熙在绘画创作和山水画理论两方面的成就，他不愧为一位承前启后的大师。前代评论家对郭熙有过很高的评价，例如与他同时代的郭若虚在

《图画见闻志》里称誉郭熙的艺术"今之世为独绝矣",稍后的《宣和画谱》也说:"论者谓熙独步一时。"意思是称赞郭熙的画超群出众,在当时独一无二,没有人能比得上他。

后来,"独步一时"被引申为成语,用来形容在当时特别突出,独一无二。

骇人听闻

这个成语见于《隋书·王劭传》。

隋朝时有个大臣名叫王劭,他曾在北齐、北周做过官。北齐、北周相继灭亡后,他又被隋文帝杨坚看中,被任命为"著作郎"。隋炀帝杨广即位后,他仍被留任原职,真称得上是个仕途上的"不倒翁"。

王劭很有一套求媚的手段。他身为"著作郎",可他并不认真从事"著作"。虽然也编写过国史,做过一些注释性的工作,但他的主要精力却花在邪门歪道上。他时常假托什么图谶命符,散布荒诞不经的童谣,谎报神奇怪异的现象,并且借解释之名,胡说国家将如何如何兴旺,恭维杨家皇帝将永远稳坐江山,等等。例如,他谎报说:某处捕获一只神龟,龟腹部有"天下杨兴"4字;皇后死了,他造谣说:皇后原是"妙善菩萨"转生,她不是死,而是"返真",在她"返真"时,天上还曾派下仙乐和香花来迎接呢!王劭就是通过这些胡编乱造的花言巧语,博取皇帝对他的欢心和信任。结果,他这个不专心从事"著作"的"著作郎"竟然一直当了将近20年之久。

对于王劭的这种行径,《隋书》的作者魏徵等人在该书的《王劭传》中,老实不客气地作了记载,并加以评价,说:"劭以此求媚帝。在'著作'将近二十年,采迁怪不经之语及委巷之言……或文词鄙野,或不轨不物,骇人视听,大为有识者所嗤鄙……"

后来,人们将"骇人视听"改为"骇人听闻"(或"耸人听闻")形容事出非常，或故意把事实真相夸大到十分荒谬的程度，使人听了感到十分惊骇。

退避三舍

"退避三舍"由"辟（通避）君三舍"变化而来，原意是退让90里。古代以30里为一舍。语出《左传》僖公二十三年。

春秋时，晋献公因立幼子为嗣，内部矛盾激化，公子重耳等遭难逃奔国外。重耳流亡列国中，所受待遇各不相同。到楚国时，楚成王设宴招待他，问重耳："公子如果返回晋国，用什么报答我们呢？"公子回答说："子、女、玉、帛君王您都是有的，羽毛、齿革都是君王您的土地生长的，看来，晋国有的，楚国只多不少，我还能拿出什么东西来报答君王呢？"楚王进一步问道："虽然如此，到底用什么来报答我呢？"重耳说："如果托君王的福，得以回到晋国，一旦晋、楚两国交兵，在中原相遇将辟君三舍；如果还得不到宽大，那就只好手执武器与君王较量了。"楚王很赞赏公子的回答，后来将他送往秦国。公元前636年，重耳从秦国回国当了国君，即晋文公。在后来的晋、楚城濮之战中，晋确实曾先退避90里。

退避三舍

后人根据这个故事，将"辟君三舍"改为"退避三舍"，作成语用，比喻回避、礼让。

咫尺千里

这个成语故事出自明代史可法《燕子矶口占》诗。燕子矶：地名，在今江苏南京市北观音山上；咫：古代8寸为咫，合现在的市尺6寸2分2厘；咫尺：距离很近。

明末抗清英雄史可法，原籍祥符（今河南开封市）人。他曾官居兵部尚书，弘光帝（朱由崧）即位，加封大学士，督师扬州抗击清军。1645年清军南下围攻扬州，史可法奋力抵抗，终因寡不敌众，城破后自杀未死，为清军所俘，不屈而死。在抗清时史可法率军渡江来到南京，站在燕子矶上，俯瞰大江，面对外族入侵，国家危急的形势忧心忡忡，加之公务在身，自己没有抽身到南京家中去会见母亲，甚为思念，于是便随口吟咏而成一首五言诗。全诗共四句：

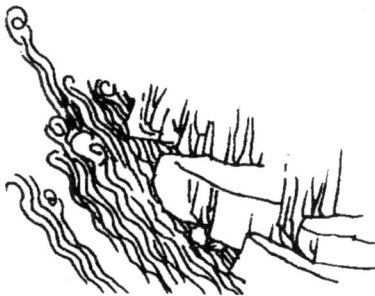

咫尺千里

来家不面母，咫尺犹千里。

矶头洒清泪，滴滴沉江底。

来家：到家，时史家居南京市；不面母：没有见到母亲的面；矶头：指燕子矶；犹：好似。

诗的大意是：我虽然回到了家乡，却没有时间去看看母亲，虽说燕子矶离家只有咫尺之地，也像相隔千里。站在燕子矶上想到国家的忧患，不禁抛洒下清泪，一滴滴都深深地沉到大江底。

现在，人们引用"咫尺千里"这个成语，比喻虽说相距不远，但又很难相见，就像远在千里之外。

前度刘郎

这个成语故事出自唐代刘禹锡《再游玄都观绝句》。度：次，回；刘郎：刘禹锡自称。

唐宪宗元和十年（815年）二月，由于"永贞革新"失败被贬朗州（今湖南桃源以东的沅江流域）做司马的刘禹锡，10年之后又被召回到京都长安。同时被召回的还有一起革职遭贬的柳宗元、韩晔、陈谏。10载艰辛，一朝重逢，大家不禁百感交集。于是几人同游长安街头，穿过熙熙攘攘的人群，信步来到桃花盛开的玄都观，只见观内桃树，枝枝桃花似火、鲜红欲滴。刘禹锡见景生情，想到倡导革新朝政失败之后，革新派受到残酷的打击和迫害，想到自己被贬边州受到的冷遇，如今虽说宦官俱文珍已死，但满朝新贵仍多是顽固派把持，不由十分愤慨，便从观中找来纸笔，以看花为题写了一首讽喻诗《戏赠看花诸君子》。诗中把那些暂时仍在当权的顽固派，比作不过只有几日红的桃花。全诗共4句：

紫陌红尘拂面来，无人不道看花回。

玄都观里桃千树，尽是刘郎去后栽。

后来这首诗被宰相武元衡知道了，当即就指使侍御史窦群弹劾刘禹锡"扶邪乱政，不宜在朝"，再度把刘禹锡贬到比朗州更远的连州（今广东连州市）去当刺史；后又调夔州（今重庆奉节县东）、和州（今安徽和县）等地刺史。又过了 13 年之后，一直到唐文宗大和二年（828 年）春天，才在宰相裴度的保举下再度回到长安，任主客郎中（主管贡赐、接待宾客和其他民族往来事务的官吏）。这时候，刘禹锡两次被贬，前后共 23 年，当年"永贞革新"的旧友，大多已不在人间；再想到那些靠打击革新派上台的人，当初虽不可一世，而今却像红极一时的桃花一样，不都凋零净尽了吗？再想 13 年前在玄都观写的诗，便决计旧地重游。

于是就在这年三月的一天，刘禹锡来到玄都观，把自己的观感和见闻写成了《再游玄都观绝句》。这首绝句的原文是：

百亩中庭半是苔，

桃花净尽菜花开。

种桃道士归何处？

前度刘郎今又来。

中庭：即庭中，指玄都观内的庭院；

苔：青苔；种桃道士：隐喻当初贬黜刘禹锡等人的当权者；归何处：到什么地方去了。

诗的大意是：玄都观啊，你当年煊赫一时的盛况不见了，百亩宽阔的庭院里，半是无人走过的青苔；那千株桃树也都荡然无存，桃花不见了，起而代之的是墙边地角处稀疏的金黄菜花，在迎

前度刘郎

风盛开。冷冷清清的玄都观里，当年那些种植桃树的道士们，也不知道哪里去了？然而我刘郎却没有向恶势力低头，如今又回来啦！

题完诗后，刘禹锡昂首挺胸，迈开大步，出观而去。

后来，人们便把"前度刘郎今又来"这句诗简化为"前度刘郎"这个成语，用来比喻离去又回来了的人。

牵萝补屋

这个成语故事出自唐代杜甫《佳人》诗。

杜甫在被叛军占领的长安住了8个多月后，在757年（唐肃宗至德二年）二月间，听说唐肃宗由彭原进驻凤翔（今陕西凤翔），离长安只有300多里路。于是杜甫便冒着生命危险逃出长安，跑到凤翔去朝见唐肃宗。开始，唐肃宗给了他一个八品小官——左拾遗，主要的职责是对国家的政事提出意见。杜甫就职以后，认真负责地对当时的朝政提出了许多意见，触犯了唐肃宗。不久，就被贬了官，被赶出朝廷，到华州去任司功参军。

就在这段时间里，唐王朝面临的形势也发生了很大的变化。首先是叛军内部发生了巨大分裂，安禄山被他的儿子安庆绪所杀，安庆绪称帝。而另一个握有重兵的史思明，压根儿就看不起安庆绪。757年秋天唐名将郭子仪在长安西大败叛军，乘势收复了长安，接着又攻占了洛阳。安庆绪剩下的6万余人，被迫逃到了邺城（今河南安阳地）。后来，由于昏庸的唐肃宗对郭子仪等名将不信任，派出宦官监视诸将的行动，结果导致占绝对优势的唐军由于无统一的指挥，围邺城10个多月不下，反被史思明率援军打得大败。

在个人遭遇与现实生活的教育下，杜甫在759年（唐肃宗乾元二年）秋，便决定弃官去秦州（今甘肃天水市）客居。不久，他便借"佳人"自喻君子，写下了一篇自抒抱负，以及自己所向往的人格的五言古诗《佳人》。全诗共

24 句，前 4 句是：

> 绝代有佳人，幽居在空谷。
>
> 自云良家子，零落依草木。

绝代：举世无双；零落：飘落。

这 4 句诗的大意是：我知道有这么一位举世无双的佳人她幽静地居住在空寂的山谷里。她自己说，她本是善良门第的儿女，现在却不幸流落、飘零在山野之间，跟草木一道相依为命地生活。

那么，这位佳人的秉性和形象是怎么样的呢？《佳人》诗的最后几句说：

> 侍婢卖珠回，牵萝补茅屋。
>
> 摘花不插发，采柏动盈掬。
>
> 天寒翠袖薄，日暮倚修竹。

天寒：暗喻着生不逢辰；袖薄：象征着饥寒沦落；日暮：是惋惜国家到了穷途日暮的境地；修竹：比喻自己有坚贞不移、光明磊落的清风高节。

这几句诗的大意是：这位佳人住在山里，只有靠丫鬟典卖妆饰，变了钱来买米粮，自己动手牵过藤萝来把茅屋的漏处修补好。有时信手摘了一些山花，但发髻上从不插花、打扮，只有坚贞的柏树可以取得她的痴心，常常摘枝已经盈握了。尤其在这寒冷的黄昏时刻，人们可以远远地望见她——穿着单薄的衣裳，倚着一丛高而多节的绿竹，默默无言地站在那里。

后来，人们把"牵萝补茅屋"引申为"牵萝补屋"这个成语，原指生活困难，挪东补西。现多泛用来比喻将就凑合着过日子。

春梦无痕

这个成语故事出自北宋苏轼《与潘郭二生出郊寻春》诗。

这首诗作于元丰五年（1082 年）正月二十日。这天苏轼同在黄州结识的以沽酒卖药为生的朋友潘彦明、郭兴宗同去郊游。苏轼忽然想起去年的这一天，他同潘、郭等人同游歧亭时所写的诗《正月二十日往歧亭，郡人潘、古、郭3人送余于女王城东禅庄院》，于是步其韵，又写下了这首诗。全诗8句，前4句是：

> 东风未肯入东门，
>
> 走马还寻去岁村。
>
> 人似秋鸿来有信，
>
> 事如春梦了无痕。

春梦无痕

诗的前两句以忆去年同日的往事起兴。后两句是作者感叹寻春的人来得准时，而寻春的往事却一去不返。这两句诗，对仗精妙，比喻新颖，历来为人所称道，被视为佳对。鸿：鸿雁。诗的大意是：我们像鸿雁一样守信年年来此寻春，而往事却像春梦一样杳无踪影。

后来，人们便把"事如春梦了无痕"这句诗，简化引申为"春梦无痕"这个成语，用来比喻世事变幻，如春夜的梦境一样容易消逝，不留一点痕迹。

草创未就

这个成语故事出自西汉司马迁《报任安书》。

司马迁在给任安（字少卿）的信中讲到自己在受了宫刑这样奇耻大辱之后，之所以能隐忍苟活，全都是为了完成能流传后世的不朽著作——《史记》。在信中，司马迁写道：

古者富贵而名磨灭，不可胜记，唯倜傥非常之人称焉……仆窃不逊，近自托于无能之辞，网罗天下放失旧闻，略考其行事，综其终始，稽其成败兴坏之纪，上计轩辕，下至于兹，为十表，本纪十二，书八章，世家三十，列传七十，凡百三十篇。亦欲以究天人之际，通古今之变，成一家之言。草创未就，会遭此祸。惜其不成，是以就极刑而无愠色。

倜傥：卓越；放失：散失；稽：考察；纪：这里指道理，规律；轩辕：即黄帝，相传是远古的君王，姓公孙，因居于轩辕丘，故又称轩辕；草创：开始创办；就：完成；愠：怒，怨恨。

这段话的意思是：古代富足尊贵而声名磨灭无闻的人，多得无法记述；唯有那些卓越特出的人，才为后世人们所称道。近年以来，我自不量力，用自己笨拙的文辞，收集天下早已失散的传闻，略微加以考证，综合起来说明实事的始末，考察其成功、失败、兴起与衰亡的规律，上从轩辕黄帝起，下至于今（指汉武帝时），写成了表十篇，本纪十二篇，书八章，世家三十篇，列传七十篇，共一百三十篇。这是想用以考究天象和人事的关系，通晓古今之变化，成为一家的著述。但是我这项工作，刚刚开始做，尚未完成，就遭受了李陵事件之祸。我痛惜全书没有完成，因此，受了极残酷的宫刑也没有怨恨的表示。

后来，"草创未就"被引申为成语，用来形容事情刚开始做，尚未完成。

秋扇见捐

语出自汉班婕妤《怨歌行》。捐：弃。

这首诗最早见于《文选》，其后《玉台新咏》《乐府诗集》也辑此篇，作者均谓班婕妤。但自刘勰起许多人都认为是无名氏的乐府古辞。这首诗以扇子的遭遇比喻封建社会中妇女的低下地位和悲惨命运；以秋至天凉扇子被弃小箱之中，隐喻男子一旦变心，女子就将被无情抛弃。全诗共 10 句：

> 新裂齐纨素，鲜洁如霜雪。
>
> 裁为合欢扇，团团似明月。
>
> 出入君怀袖，动摇微风发。
>
> 常恐秋节至，凉飚夺炎热。
>
> 弃捐箧笥中，恩情中道绝。

裂：截断；新裂：指布织成匹时刚从织布机上扯下来；齐纨素：齐国所产的纨、素等细绢，当时最为有名，这里泛指精美的丝绢；鲜洁：洁白鲜亮；合欢：象征和谐欢乐的一种图案花纹；合欢扇：绘（或绣）有合欢图案的扇子；团团：即"圆圆"；动摇：挥动；秋节：秋季；飚：疾风；弃捐：抛弃；箧：长方形的竹箱；笥：方形的竹箱；箧笥：泛指简陋的小箱。

诗的大意是：刚从织布机上扯下精美的丝绢，像霜雪一般的洁白、鲜亮。

秋扇见捐

把它制成绘有合欢图案的扇子，圆圆的，像似一轮明月。新制成的团扇获得了主人的喜爱，常被随身携带，一挥动便有微拂的凉风。但这扇子呀，却常常担心秋季到来时，凉风吹走炎热，便会被无情地抛弃置于简陋的小箱中。与主人的恩情将中途断绝。

后来，"弃捐箧笥中，恩情中道绝"这两句诗，被简化为"秋扇见捐"这个成语，用来比喻妇女被无情遗弃。

秋月春风

这个成语故事出自唐代白居易《琵琶行》诗。

白居易写过两首最为有名的叙事长诗,一首是《长恨歌》,另一首就是《琵琶行》。这首诗一完成,立即获得了广泛的传唱,它与《长恨歌》一样,在唐代妇孺皆知,并且远传国外。

白居易曾经把自己的诗分为"讽喻诗""闲适诗""感伤诗""杂律诗"4类。他在《与元九书》中说:《琵琶行》属于"事物牵于外,情理动于内,随感遇而形于叹咏"的感伤诗。那么是什么使作者感伤的呢?这当然是琵琶女悲惨的命运,以及自己敢于指斥时弊,直陈己见,得罪了皇帝权臣而被贬谪的遭遇。诗的第三部,就着力写了琵琶女自述身世。诗写道:

沉吟放拨插弦中,整顿衣裳起敛容。

自言本是京城女,家在虾蟆陵下住。

十三学得琵琶成,名属教坊第一部。

曲罢常教善才伏,妆成每被秋娘妒。

五陵年少争缠头,一曲红绡不知数。

钿头云篦击节碎,血色罗裙翻酒污。

今年欢笑复明年,秋月春风等闲度。

弟走从军阿姨死,暮去朝来颜色故。

门前冷落车马稀,老大嫁作商人妇。

商人重利轻别离,前月浮梁买茶去。

去来江口守空船,绕船月明江水寒。

夜深忽梦少年事,梦啼妆泪红阑干。

敛容：脸色变得严肃而恭敬；

虾蟆陵：地名，在长安城东南，该地以歌妓和酒著名；教坊：唐代管理宫廷音乐的官署；伏：佩服；秋娘：这里泛指当时长安的美貌女子；五陵年少：长安附近有西汉的 5 座皇陵，以比喻贵家子弟；绡：用生丝织成的两种丝织品；钿头云篦：上端镶嵌着金花的银梳；击节：打拍子；血色：鲜红色；等闲：轻易；阿姨：这里指琵琶女的养母；故：衰老；妆泪：脂粉与眼泪混在一起；阑干：纵横散乱的样子。

秋月春风

这段诗的大意是：琵琶女低头将拨子插入弦中，整理了一下衣裳，脸色变得严肃而恭敬起来。她说自己是京城人，家住在虾蟆陵下。13 岁便学会了弹琵琶的技艺，分在教坊的第一班里。演奏的乐曲连著名的老师都佩服，打扮后的美貌使得秋娘为之嫉妒。五陵子弟争着来这里听琵琶，一曲过后赏赐的红色丝绸不计其数。醉醺醺地击节敲断了钿头云篦，鲜红色的绸裙沾满了倒翻的酒浆。时光年复一年地在秋月春风中轻易地过去了。兄弟从军没消息，养母也已去世，青春已去我也衰老了。寻欢作乐的客人不来了，门前冷清，只好嫁给了一个商人。但商人只想赚钱把离别看得很平常，前月又到浮梁买茶去了。他一走我就只得在江口守空船，但见那明亮的月光洒在寒江上。深夜忽然梦见了少年时候的往事，梦中哭醒，泪水流在擦满脂粉的面颊上。

后来，人们把"秋月春风等闲度"这句诗，简化引申为"秋月春风"这个成语，用来比喻美好的年华，也指良辰美景。

秋风过耳

这个成语故事出自汉代赵晔《吴越春秋·吴王寿梦传》。

春秋时候，吴王寿梦有 4 个儿子，大儿子诸樊，二儿子余祭，三儿子余昧，小儿子季札。在这 4 个儿子中，四子季札品德和才学都很好，深得寿梦的宠爱，并一直想把自己的王位传给他。

公元前 561 年，寿梦患了重病，便把季札叫来，把自己的想法告诉了他。季札不肯接受，他认为：礼法一向有规定要传位于长子，这是不能废弃的。寿梦无法，只得把长子诸樊找来，告诉他说："我本想把君位传给季札，他不愿破坏礼法的规定。你接位之后，请不要忘了我的遗愿。"

吴王寿梦死后，诸樊接过君位，就把余祭、余昧两个弟弟找来，转告了父亲的临终遗言，并共同立下誓约：今后王位，兄弟依次相传，最后务必让季札继承王位。在此之后，季札的3个哥哥都先后当了吴王，季札对他们都忠诚地辅助，为治理国家十分尽力。因而，季札的德行和威望，四处传扬。后来，当三兄余昧将死的时候，一定要把王位传给季札，他仍然坚持不受，说："做人要的是行为正派，品格高尚，'富贵之于我，如秋风之过耳'（意思是：至于富贵荣华，对我来说，只不过像秋风从耳边吹过一样，

秋风过耳

277

我是漠不关心的）。"为了表明自己的决心，季札就私自逃往封地延陵（今江苏常州），躲藏起来。直至公元前526年，余昧的儿子僚被立为吴王后，他才愿意再回朝中，帮助僚治理朝政。

根据这个故事，季札这句名言"富贵之于我，如秋风之过耳"，一直为后人传颂，并简化引申为"秋风过耳"这个成语，用来比喻事情与己无关，毫不在意。

柳暗花明

这个成语故事出自南宋陆游《游山西村》诗。

这首诗作于宋孝宗乾道三年（1167年）。有一次，闲居山阴（今浙江绍兴）的陆游到镜波湖附近的山西村游访，受到农民的热情款待。这个村庄明媚的风光、热闹的景象，以及主人们热情待客的纯朴感情，给他留下了难忘的印象。于是他便把这次见闻和感受写成了一首脍炙人口的田园诗《游山西村》。全诗共8句，起首4句是：

莫笑农家腊酒浑，丰年留客足鸡豚。

山重水复疑无路，柳暗花明又一村。

柳暗花明

莫：不要；浑：不纯；豚：小猪；重、复：一重重，一道道。

这4句诗的大意是：不要取笑农家腊酒浑浊不清，丰收的年景有足够的鸡、猪来招待客人；走过一重重山，跨过一道道水，层层叠叠，盘回曲折，好似再没有道路可走了，可是一转过去却又是一个花红柳绿的村庄。

后来，"柳暗花明"被引申为成语，多用来形容由困难或曲折转入顺利；也用来形容绿树成荫、繁花似锦的美丽景色。

枯木朽株

这个成语故事出自西汉邹阳《狱中上梁王书》。木：树木；朽株：露出地面腐烂了的树桩。邹阳在狱中写给梁孝王的信中，恳切地劝梁孝王不要听信左右谗言，要独自判断是非；对穷困的布衣之士，要披肝沥胆，推心置腹，这样，那些忠信之士才能发挥各自的作用。文中写道：

有人先游，则枯木朽株，树功而不忘。今夫天下布衣穷居之士，身在贫赢，虽蒙尧、舜之术，挟伊、管之辨，怀龙逢、比干之意，而素无根柢之容，虽竭精神，欲开忠于当世之君，则人主必袭按剑相眄之迹矣。是使布衣之士，不得为枯木朽株之资也。是以圣王制世御俗，独化于陶钧之上，而不牵乎卑辞之语，不夺乎众多之口。

游：宣扬；赢：瘦弱；伊：伊尹，辅佐商汤灭夏桀的主要功臣；管：管仲，齐桓公时的相国；龙逢：即关龙逢，夏代的贤臣，桀无道，龙逢强谏，被桀处死；比干：商纣的忠臣，为纣所杀；钧：陶工制陶器时使用的转轮；夺：受到影响而有改变。

这段话的意思是：假如事先有人替他宣扬，那么即使是枯木朽株般的人，也可以建立功勋而不被人所遗忘。现在天下处于困窘境地的士人，贫困病弱，虽有尧舜的治国之术，有伊尹、管仲之学识，怀着关龙逢、比干的忠心，可

枯木朽株

是他们平时没有得到像屈曲的树根那样的雕饰，尽管费尽精力，想把忠心献给当世的君主，但君主也必定会像路遇明珠暗投者那样，用按剑怒目斜视的老办法来对待他们。这就使得普通士人连枯木朽株的作用都起不到了。所以圣明的君王治理天下应像陶工转钧一样，要自有主张而不受愚昧混乱的言语所牵动，不为众说纷纭所动摇。

后来，"枯木朽株"被引申为成语，用来比喻老而病弱无用之人，也用来形容力量的微弱。

骄兵必败

这个成语故事出自《汉书·魏相传》。骄兵：恃强轻敌的军队。

关于骄兵的说法，历史上有过不少的解释。明代章婴的《诸葛孔明异传·兵成》说：

诛暴救弱，谓之义兵，兵义者王；敌来加己，谓之应兵，兵应者胜；争小故，致大寇，谓之忿兵，兵忿者亡；利土地，欲利货，谓之贪兵，贪兵者死；恃国家之大，矜民人之众，谓之骄兵，骄兵者败。

意思是说：为消灭暴虐，扶救弱小的军队，叫做义兵，为正义而战的军队，能够取得天下；敌人打来了，起兵自卫还击，叫做应兵，为自卫而战的军队必然会得到胜利；因小怨恨而导致大战的，叫做忿（愤）兵，因私愤而战的军队将会败亡；抢占别人的土地，掠夺他人财富的，叫做贪兵，为侵略而战的军队必然会被消灭；自恃国家大、人口多而发动战争的，叫做骄兵，骄横的军队要打败仗。

对于骄兵必败的说法，早在西汉时候就已经提出来了。据《汉书·魏相传》：西汉初年，与汉王朝西北部边境接壤的地方，有一个小国叫车师（今新疆东北部，古西域中的一个小国，原名姑师）。车师国土地肥沃，但在汉王朝和匈奴的夹击下，日子很不好过。后来，在公元前68年便投降了汉朝。但是匈奴不甘心轻易放弃这块肥美的地方，便出兵攻打车师。西汉在渠犁一带屯田的侍郎郑吉率兵前往营救，因兵力不足，被匈奴打败。郑吉随即上疏宣帝，请求派兵增援。

宣帝接到郑吉求援告急的奏章后，便与后将军赵充国等一些大臣们商议，准备趁机发大兵攻打匈奴，以扫除多年来的边患。可丞相魏相不赞成出兵，上疏进谏。魏相详细地分析了出兵的利弊，讲到用兵之道时，他说：恃国家之大，矜民人之众，欲见威于敌者，谓之骄兵。兵骄则灭。

意思是：倚仗国家大，人口多，就一心想对外炫耀武力者，称为骄兵。骄横自恃的兵，是一定要失败的。汉宣帝采纳了魏相的意见，取消了增兵车师的想法。

根据这些记载和故事，便引出"骄兵必败"这个成语，多用来比喻骄傲轻敌的军队必定要打败仗。也泛用于工作和学习上，自以为了不起、骄傲的人，必然会遭到失败。

点石成金

这个成语故事出自《广谈助》。

从前，有一个信奉道教的人，他家虽然十分贫困，连香烛都买不起，但他仍然虔诚地供奉着道祖吕洞宾的神位。吕祖为他的虔诚很受感动，便驾着一朵祥云，来到他的家中，吕祖看见他家里实在太穷，除了几个破坛坏罐之外，什么也没有。吕洞宾很可怜他：

因伸一指指其庭中磐石，粲然化为黄金，曰："汝欲之乎？"

意思是说：吕洞宾便伸出一个指头，对着庭院中树下的破磨盘一指，瞬间磨盘便金光闪闪，变成了黄金。吕洞宾问道："这块黄金，就送给你了，你要不要？"

那人一听，倒头就拜，连声说："不要，不要！"

吕洞宾真是喜出望外，称赞地说："你这样诚心诚意地信奉道教，不贪恋钱财，我倒要把真道传授给你了。"

那人支支吾吾地说：

"不然，我心欲汝此指头耳。"

意思是说：我不是这个意思，我是想要你这点金的手指头。

啊，原来他是一个得寸进尺、贪求无厌的人。吕洞宾闪身一变，就去得无影无踪了。

后来，人们便根据这个神话故事，引出"点石成金"这个成语，多用来比喻变废为宝，也用来比喻把别人不太好的文章，改为好文章。

美如冠玉

这个成语故事出自《史记·陈丞相世家》。

丞相陈平，本是刘邦身边的一个足智多谋的谋士。他经常出奇计，排除祸患，解救国家的危难。在楚、汉相争时期，他用反间计，离间了项羽和范增、钟离昧；建议刘邦权且封立韩信；说服刘邦广泛吸收、大胆任用有利于争夺天下的各方面的人士。当韩信被告发有谋反迹象时，他反对用兵征讨，用计擒住韩信。刘邦去世后，吕后专权。吕后之后，诸吕阴谋夺取天下，陈平同周勃一起诛灭了吕党，平息了内乱。总之，陈平对西汉王朝的建立和巩固其统治出了大力。

陈平是阳武户牖乡（今河南原阳县北）人。陈胜起兵在陈县称王以后，派周市平定了魏地，立魏咎为魏王，与秦军战于临济（今河南开封市东北）。这时候，陈平与一些年轻人到临济投奔魏咎。不久，魏王任陈平为太仆（掌握帝王的车马的官吏），但对于陈平的建议魏王不予采纳，再加之又有人说他的坏话，于是陈平就逃离了魏王，归附了项羽。陈平跟随项羽打败秦军，进入关中，官至都尉。后终因项羽仍不能用人，陈平又弃官逃走，投奔汉军。通过魏无知的引见，刘邦同陈平谈得很高兴，当天就任命陈平为都尉，并让他担任保卫自己的参乘，掌管监督将领的事情。这样一来，将领们都不服气，周勃、灌婴等更在刘邦面前诋毁陈平，他们说：

平虽美丈夫，如冠玉耳，其中未必有也。臣闻平居家时，盗其嫂；事魏不容，亡归楚；归楚不中，又亡归汉。今日大王尊官之，令护军。臣闻平受诸将金，金多者得善处，金少者得恶处。平，反复乱臣也，愿王察之。

美丈夫：陈平身材高大，仪表堂堂，长得俊美；冠：帽子；玉：美玉。这段话的意思是：陈平虽然长得仪表堂堂，可就像帽子上的珠玉，外表好看，但实际上却徒有其表，未必中用。我们听说陈平在家里时就有与嫂子私通的事；事奉魏王，魏王不容，又逃跑归楚；在楚不被重用，又来投汉。如今大王这样器重他，给了他很高的官职，让他监督诸将。可是我们听说他接受诸将的贿赂，贿赂多的就得到好的待遇，贿赂少的就得到差的待遇。可以看出，陈平是个反复无常的乱臣，希望大王注意啊！

谗言一多，刘邦也有点怀疑陈平了。于是便把陈平找来，责问他说："先生事奉魏王不被重用，事奉楚王又半途而去，如今又来跟从我。讲信义的人，能这样多心吗？"陈平回答说："我在魏王那里，由于他不采用我的计谋，所以才去投奔项王。项王对人不信任，虽有奇谋之人也不能任用。他所信任宠爱的是项氏宗族和妻子的兄弟等，所以我又离开楚王。我听说汉王能用人，才来投奔您的。我是空着手来的，不接受一点钱财就不好办事。假如我的计谋还有可以采用的，希望大王采用；如果没有可用的，钱财都还在，愿意原封不动地交还官府，请大王让我辞职还乡。"

汉王刘邦经过多方了解，消除了怀疑，向陈平表示了歉意，给了陈平新的赏赐，升任他为护军中尉（掌管调解各将领关系的官员），监督所有将领。这样一来，诸将就不敢再讲什么了。

根据这个故事，后来人们把"平虽美丈夫，如冠玉耳"简化引申为"美如冠玉"这个成语，用来比喻男性的美貌。

拾遗补阙

这个成语故事出自西汉司马迁《报任安书》。

司马迁遭"李陵之祸"，受过宫刑，出狱后，又作了中书令，任安曾写信给他，要他利用在汉武帝身边任职的这种便利条件"推贤进士"。司马迁在这封回信里，怀着悲愤的心情指出这是根本做不到的。文中写道：

如今朝廷虽乏人，奈何令刀锯之余荐天下之豪俊哉！仆赖先人绪业，得待罪辇毂下，二十余年矣。所以自惟上之不能纳忠效信，有奇策才力之誉，自结明主；次之又不能拾遗补阙，招贤进能，显岩穴之士；外之又不能备行伍，攻城野战。有斩将搴旗之功；下之不能积日累劳，取尊官厚禄，以为宗族交游光宠。四者无一遂，苟合取容，无所短长之效，可见于此矣。

刀锯之余：指受过刑的人，这里指司马迁自己受过的宫刑；绪业：余业，指前人所遗留下来的未完成的事业；待罪：做官，自谦之词；辇毂：皇帝的车驾；辇毂下：指京城；遗：遗漏；阙：通"缺"，缺失；岩穴之士：指隐士；搴：拔取；交游：这里指朋友；遂：成就；短长：这里指建树，成就。

这段话的意思是：如今朝廷虽说缺乏人才，可又怎能让我这个受过宫刑的人，去推荐天下的豪杰之士呢？我是靠了父亲的余业，得以在京城皇帝身边任职，已经二十余年了。回顾以往，对上，既未能尽到忠信，也没有具有奇才异能的声誉，以取得明主的信任；对内，不能为皇上拾取遗漏、弥补缺失，推荐贤才和隐士；对外，不能参与军队攻城野战，取得斩将拔旗的功绩；对下，不能逐步地积累功劳，取得高官厚禄，为宗族、朋友增光。这4个方面，没一个方面有所成就，我只能苟且地迎合皇上的心意，以保持现在的职位，是不会有一点建树的，从这里就可以把事情看清楚了嘛！

后来，"拾遗补阙"被引申为成语，旧用以指向皇帝进谏以纠正皇帝的过错。现多用来泛指弥补疏漏和过失。

窃窃私语

这个成语故事出自唐代白居易《琵琶行》。

唐宪宗元和十年（815年）六月的一天早晨，宰相武元衡被藩镇王承宗、李师道派人杀死了。当天中午，太子左赞善大夫（太子属官）白居易即上书皇上，请求缉拿凶手，以绳法纪。唐宪宗听信奸相李吉甫的谗言，将白居易贬到离京城4000里外的江州（又名浔阳，今江西九江市）做司马（州府佐官）。江州北临长江，南有庐山。白居易的司马官舍，就在江州西郭门外，离溢浦口很近，地处低湿，偏僻冷清，更使经常卧病的白居易愁闷难耐。他经常想念长安，想念贬官通州（今四川达州）的好友元稹。常常写诗作文以慰愁肠。

次年秋天，白居易经常想念的好友元稹却突然到江州来了。好友久别重逢，白居易真是欢欣异常。但元稹公务在身，不敢久留，当晚便要开船离去，白居易同他的弟弟白行简，一起到溢浦口送元稹上船，并在船头设宴饯行。面对冷月清秋，故人远别，白居易更感到酒冷心凉，醉不成欢。白居易仰望明月，与元稹相互道别之后，正准备下船的时候，忽听得江面上传来阵阵幽怨的琵琶声，一下子把白居易吸引住了。他侧耳倾听好一阵，才向船家打听："刚才弹琵琶的是什么人？弹得太好了，真是名家指法。"

船夫回答说："是京都来的刘一郎的娘子裴兴奴。"

当白居易看见这位面容憔悴的裴兴奴，问起她是怎样流落到江州来的时候，裴兴奴凄凉地回答说：她年轻时就能弹得一手好琵琶，曾经在京都红极一时。后来，随着年岁的增长，人老珠黄，门庭冷落，无奈之下，嫁给一个商人，流落异乡。白居易听着听着，联想到自己忠言遭忌，官贬外地，遭遇与裴兴奴一般凄楚，禁不住泪如雨下，把青衫也湿透了，回到家以后，裴兴奴凄惨的话语和琵琶声，萦绕耳旁，他激动地挥笔疾书，开始了他的612字的长短句《琵琶行》的写作，在完成初稿后，几经修改，终成名篇。

《琵琶行》描写裴兴奴弹奏《霓裳》《六幺》两种曲调时，写下了这么两句：

大弦嘈嘈如急雨，小弦切切如私语（切：同窃）。

大弦：琵琶共有4根弦，大弦最粗，也叫老弦。嘈嘈：声音粗厚；小弦：即细弦，也叫子弦。这两句诗的大意是：裴兴奴先弹了《霓裳》，又弹了《六幺》，那老弦发出的声音是那么的粗壮厚重，犹如暴雨狂倾一般；而子弦呢，则是细微急促，就像在讲悄悄话。

后来，人们便由"小弦切切如私语"这句诗引出"窃窃私语"这个成语，用来形容相互间低声细语地讲悄悄话。

语不惊人

这个成语故事出自唐代杜甫《江上值水如海势聊短述》诗。语：语言，亦指文句。

在安史之乱中颠沛流离的杜甫，于唐肃宗乾元二年（759 年）由同谷到达成都后，开始借住在成都西郊浣花溪畔的一座庙宇草堂寺中。后在唐肃宗上元元年（760 年）才在亲友的帮助下，在浣花溪畔一块不大的荒地上搭起了一座茅屋——这就是我国诗歌史上颇有名气的"杜甫草堂"。

草堂建成后，由辗转逃难到暂时有了一个安居的地方，杜甫的心情是很愉快的。为此，他还专门写成了一首七律《堂成》：

背郭堂成荫白茅，缘江路熟俯青郊。

桤林碍日吟风叶，笼竹和烟滴露梢。

暂止飞乌将数子，频来语燕定新巢。

旁人错比扬雄宅，懒惰无心作解嘲。

这首诗的前四句点出草堂的地点及其幽静、优美的景色。五、六句却有借物喻人之意。即以乌鸦、燕子在草堂找到新居，来表达诗人有暂时的安居之地的宽慰心情。七、八两句，用了汉代文学家扬雄的一个典故。扬雄的住宅在成都西南角上，名为"草玄堂"。汉哀帝时，扬雄在家闭门著《太玄经》遭人嘲笑，为此他写了一篇文章《解嘲》，予以回答。杜甫借用这个典故说明，如果有人错把我这草堂比作扬雄的住宅，即错把我比作扬雄，我却无心像扬雄那样专门写文章来解嘲。

杜甫兴建草堂的第二年（唐肃宗上元二年）春天，锦江水陡涨，杜甫面对大海般壮阔的水势，又联想到自己的诗歌创作，便把这一时触发的感兴写成这首七言八句的《聊短述》：

> 为人性僻耽佳句，语不惊人死不休。
>
> 老去诗篇浑漫与，春来花鸟莫深愁。
>
> 新添水槛供垂钓，故著浮槎替入舟。
>
> 焉得思如陶谢手，令渠述作与同游。

性僻：秉性偏颇、孤僻，多为自谦之辞；耽：入迷、爱好；佳句：好的诗句；陶：指晋代著名诗人陶渊明；谢：指南朝宋著名诗人山水诗的祖师谢灵运。

诗的大意是：我这个人性格有些怪僻，不爱富贵尊荣，只偏偏喜爱创作美好的诗句；它要是达不到使人惊服的地步，我至死也不肯罢休。经过多半生的努力，到老来写的一些诗篇，便能寄寓我的情兴，能够得心应手了；每当春鸟春花撩动着我惜春的情怀，便写下几行诗句以解闷消忧。在草堂的水边，新添的栏板可供我垂钓，栏外放下木筏便可作为钓舟了。怎样才能与诗思像陶渊明和谢灵运那样的高手共吟游，让他们从事述著以流传人间，这将是我无上的喜悦。

后来，"语不惊人死不休"这句诗，被简化引申出"语不惊人"这个成语，用来比喻语言或文句平淡，没有特别出众的地方。

恻隐之心

这个成语故事出自《孟子·公孙丑上》。恻隐：对别人遭受不幸表示同情。

在同公孙丑的谈话中，孟子还提出性善说。他认为，人性生来是善的，都具有仁、义、礼、智等天赋道德意识。这是孟轲在儒家哲学中形成一个唯心主义理论体系的重要论点。

孟子认为，每个人都有怜悯别人的心情。比如，现在有人突然看到一个小孩子要跌到井里去了，任何人都会有惊骇同情的心情。那么，这种心情是怎样产生的呢？孟子说：

非所以内交于孺子之父母也，非所以要誉于乡党朋友也，非恶其声而然也。由是观之，无恻隐之心，非人也；无羞恶之心，非人也；无辞让之心，非人也；无是非之心，非人也。恻隐之心，仁之端也；羞恶之心，义之端也；辞让之心，礼之端也；是非之心，智之端也。

人之有是四端也，犹其有四体也。

这段话的意思是：这种同情心的产生，不是为着与这小孩爹娘攀结交情，不是为着要在乡里朋友中博取名誉，也不是厌恶那小孩的哭声才有的。从这里看来，一个人，如若没有同情之心，就不是人了；如若没有羞耻之心，就不是人了；如若没有推让之心，就不是人了；如若没有是非之心，就不是人了。同情之心是仁的萌芽，羞耻之心是义的萌芽，推让之心是礼的萌芽，是非之心是智的萌芽。人之有这四种萌芽，就好比他有手足四肢一样，是自然生就的。

后来，"恻隐之心"被引申为成语，比喻对别人的不幸遭遇而引起的同情心。

举一反三

这个成语故事出自《论语·述而》。

孔丘是我国儒家学派的创始人，是春秋末年著名的思想家和教育家。他从事教育数十年，积累了许多有益的经验，形成了自己的一套教育理论和方法。有一次，他在讲到教育方法时，说：

不愤不启，不悱不发；举一隅不以三隅反，则不复也。

这两句话的中心思想是强调教育学生，要建立在学生们深入思考的基础上。如果学生没有强烈的求知欲，没有迫切的学习要求，老师纵然费尽心力，也不会有好的效果。

愤：心里迫切希望弄明白而又弄不明白的着急的神情；悱：想说而又不知道怎么说的为难神情；隅：角落，一个方面。孔子这两句话的大意是：对于学生的教育，不到他们经过苦苦思索而又弄不明白的着急之时，不必忙着去开导他们；不到他们想说而又说不出来的时候，也不必忙着去启发他们。如果给学生们了解了一隅，而不能由此推知其余的三隅，那也暂不用再教他们别的东西了。

后来，"举一隅不以三隅反"被简化引申为"举一反三"这个成语，用来比喻从一个侧面或一件事情类推，进而知道与此相类似的其他方面或别的事情。

急如星火

这个成语故事出自西晋李密《陈情表》。星火：流星。

李密在《陈情表》中向晋武帝陈述了自己的身世之后，接着便讲到，自从晋朝建立以来，自己受到晋朝清明政治的教化，郡和州的地方长官，都一再推举他出来做官，但因为祖母无人供养，而辞谢了，后来，皇上下诏书，任命为郎中；不久又蒙国家的恩典，授职为太子洗马。他认为，像他这样的人，能担任这样的官职，即使粉身碎骨也难以报答皇上的恩遇。所以，他就上表奏明不能就职的苦衷：

诏书切峻，责臣逋慢。郡县逼迫，催臣上道。州司临门，急于星火。臣欲奉诏奔驰，则以刘病日笃；欲苟顺私情，则告诉不许。臣之进退，实为狼狈。

逋：逃避；州司：州里有关的官员；笃：沉重；告诉：申诉。这段话的意思是：现在诏书又下来了，言辞急切而严厉，责备我有意逃避和怠慢。郡县的长官命令逼迫，催我上路，州里的官员上门催促，像流星一样急促。我想奉命急速上京受命，但我祖母刘氏的病却日见加重；想暂时按照自己的心愿，申诉一下辞谢的理由，又得不到允准。我的处境实在进退两难，实在很狼狈。后来，"州司临门，急于星火"被简化引申为"急如星火"这个成语，用来比喻情势紧急或事情急迫，要急速办理。

急来抱佛脚

这个成语故事出自明代张世南《宦游纪闻》；又见于宋代刘攽《中山诗话》。

据《宦游纪闻》载：古时云南南部有一个国家，那里的官民都尊崇佛教，各地广造佛寺。那时，有个人犯了大罪，应该处死刑，被追捕得走投无路的时候，就逃到寺庙里抱着佛脚悔过，因此官府便赦免了他的罪。于是在当地就流传开了这样一句谚语："闲时不烧香，急来抱佛脚。"后来那个国家的和尚来中原地区传经时，也就把这句谚语传过来了。

据《中山诗话》载，宋代王安石有过这么一段轶事：有一次，身居丞相要位的王安石，同几位客人谈到佛经，他感慨地絮叨着说："投老欲依僧！"有人接着跟上了一句："急来抱佛脚！"王安石对此有些不快，说："我这'投

急来抱佛脚

老欲依僧'本是一句古诗，别无他意。"那位客人回答说："'急来抱佛脚'亦是俗谚。"意思是：我这"急来抱佛脚"也是一句谚语，上句去"投"（头），下句去"脚"，岂不就是妙对。大家听了，都乐了起来。

后来，"急来抱佛脚"被引申为成语，用来形容平时不做准备，事到临头，才仓皇求助。

差强人意

"差强人意"成语出自《后汉书·吴汉传》。

吴汉，字子颜，南阳（今属河南省）人。他为人耿直，不爱说话。光武帝时，他当大司马，多次率领大军出征，屡立战功。

吴汉不但勇敢，而且对刘秀忠心耿耿。每次出征行军，吴汉总是伴随刘秀，不离左右。打了败仗，将士们惊慌失措，吴汉却总是鼓励大家要振作起来。他自己则整顿兵器，以此激励兵士。一次，败仗之后将士都灰溜溜的，情绪不振。刘秀见吴汉不在身边，便派人去看看他在干什么。去的人回来说，大司马正在准备进攻的武器。刘秀听了，赞叹道："吴公差强人意。"

差强人意

后人以"差强人意"为成语，形容某人或某事还不错，尚能令人满意。

顾曲周郎

"顾曲周郎"，意思是爱好音乐，或对音乐很有素养的人，语出《三国志·吴书·周瑜传》。

三国时，周瑜当东吴大都督时年纪还很轻，人们习惯称他为周郎。他不但足智多谋，善于调兵遣将，而且精于音律，有很高的音乐欣赏能力。周瑜听人演奏时，即使多喝了几杯酒，有些醉意，演奏发生一点差错，也瞒不过他的耳朵。而且，每当发现错误，他就要向演奏者看一眼，示意他这个地方演奏错了。因此，当时流传着两句歌谣，叫做"曲有误，周郎顾"。

顾曲周郎

其后，不少诗人在作诗的时候，常常以此作为典故。如唐朝诗人李端的《听筝》一诗，就有这样描写："欲得周郎顾，时时误拂弦。"

后来，欣赏音乐或听歌、听戏时，就常被称为"顾曲"；歌曲评论家、内行的人就称为"顾曲周郎"。

莫逆之交

"莫逆之交"成语来源于《庄子·大宗师》中两个谈论关于生死问题的故事。

庄子认为人要安时而处顺，善生善死，一切应由造物者决定。他编的第一个故事说：子祀、子舆、子犁、子来4个人在一起交谈道："谁能以无为头脑，以有为脊背，以死为屁股；谁能知道死生存亡为一体的，我就与他交朋友了。"讲了之后，4人相视而笑，都觉得谈的和自己的心相通，没有相抵触之处，遂相互结为好友。

第二个故事是：子桑户、子孟反、子琴张3个人交谈说："谁能相交在无所谓相交的关系中，相帮助在无所谓相帮助的关系中？谁能登天游雾，循环无穷，忘却生命，无所谓死亡呢？"3人相视而笑，都觉得谈的和自己的心相通，没有相抵触之处，遂相互结为好友。

后人从"莫逆于心，遂相与为友"中引出"莫逆之交"成语，形容人们彼此志同道合，相互交情深厚。

珠联璧合

"珠联璧合"成语出自《汉书·律历志》。

汉朝刚建立时，国家还处在治乱的过程中，百废待兴，许多事情只能暂时草草建立，历法也只好沿用秦历。北平侯张苍曾建议用颛顼历法，但因它并不怎么准确，就没有被采用。

汉武帝元封年间（公元前110至公元前105），武帝命太中大夫公孙卿、壶遂、太史令司马迁及大典星射姓等一起商议制定《汉历》。射姓等启奏说应当征募有能力治历的人，重新制造密度，造汉朝《太初历》。皇上下诏选邓平、唐都等及民间治历者 20 多人，制定了有名的"汉八十一律历"。这个历法是用滴漏法计日。他们制作了一种容器，把每日分为八十一分。历法规定：一月的天数为二十九日八十一分之四十三。第一个月先多用半天，即每月为 30 天，叫做阳历；第二个月再舍去半天即 29 天，叫做阴历。

历法制定后，汉武帝下诏决定采用八十一分律历，取消以前所用的十七家历算法。后来宦官淳于陵依照《太初历》复查天象的变化，发觉八十一分律历与天体运行完全吻合，是"日月如合璧，五星如连珠"。于是八十一分律历就正式开始使用。它的制造者邓平也被提升为太史丞。

后人根据"日月如合璧，五星如连珠"引出"珠联璧合"成语，比喻美好的事物或杰出的人才聚合在一起，互相合作得十分协调。"珠"，指珍珠；"璧"，指美玉。

疾风劲草

"疾风劲草"（亦作"疾风知劲草"）出自《后汉书·王霸传》。

西汉末年，颍阳（今河南省许昌附近）有个人名叫王霸，刘秀起兵反王莽路过颍阳时，王霸带领一帮朋友去拜见刘秀，请求入伍。刘秀表示欢迎。王霸入伍后忠心耿耿，多次打胜仗，特别是在昆阳（今河南叶县）大破王莽的战役中，立了大功。因而很受刘秀的信任。

可是，当刘秀的部队渡过黄河，在河北一带镇压各路农民起义军的时候；军事行动很不顺利。当初和王霸一道入伍的朋友们，现在却都偷偷地溜走了，只有王霸继续战斗在刘秀的队伍中。这样刘秀就更加信任王霸了，并且对王霸说："在颍川投奔我的人现在大都走了，只剩下你一人留下为我出力，真

疾风劲草

是疾风知劲草啊！"

刘秀登基做皇帝后，任王霸为偏将军，后又为上谷（今河北省中西部）太守。王霸在上谷20多年，始终是光武帝刘秀的心腹将领。

"疾风劲草"是说经过了猛烈的大风，才知道哪些草是吹不倒、折不了的。人们常以它比喻立场坚定不移，即使遇到最大困难也不变节的人。

酒囊饭袋

"酒囊饭袋"比喻只会吃喝、不会做事的人。为贬义成语。出自汉朝王充《论衡·别通》。

《别通》中有这样几句话：

饱食快饮，虑深求卧，腹为饭坑，肠为酒囊。

晋朝葛洪的《抱朴子·弹祢》则云：

汉末祢衡游许下，呼孔融为大儿，呼杨修为小儿，荀彧犹强可与语，过此以往，皆酒瓮饭囊耳。

据宋代陶岳的《荆湘近事》记载，唐朝末年，有一个名叫马殷的人，年轻时当过木工。后来应募从军。开始时随秦宗权的部将孙儒驻在扬州。不久，转到刘建峰的部下，参加进攻潭州（今湖南长沙一带）战役。后来刘建峰被部下所杀，大家便推举马殷为首领。不久，马殷被唐朝正式任命为潭州刺史。

907 年，朱温取代唐朝建立了后梁，自称为帝。马殷被封为楚王，马殷的亲属及随从等人，也跟着高升。可是，马殷既不能文，又不能武，是个只知享受的平庸

酒囊饭袋

之辈，当时人们都瞧不起他，讥讽他是只能装酒盛饭的"酒囊饭袋"。

请君入瓮

这个成语出自《资治通鉴》唐则天皇后天授二年。

唐朝武则天执政时期，有两个掌管刑狱的大臣，一个叫周兴，一个叫来俊臣。这两个人贪暴残酷，设计了种种惨无人道的刑法，大搞逼供，枉杀了许多忠臣良将。特别是周兴，外号叫"牛头阿婆"。他竟然这样说道："凡被告之人，审讯时没有一个不自称冤枉的，处死后，也就没事了。"

后来，有人向武则天密告，说周兴与人共同谋反，武则天便让来俊臣负责审理这个案子。来俊臣知道，周兴对于办案是内行，他决不会老老实实地承认参与谋反的。他想了一个办法，派人请周兴来吃饭。周兴欣然而至。席间，来俊臣装成一副向周兴请教的神态，对周兴说："最近，我审讯了一些犯人，种种刑具都用遍了，犯人们就是不肯招供，不知老兄有什么好的办法没有？"周兴并不知道自己已被别人告发，回答道："这是一件很容易的事。我告诉你一个妙法：用一只大瓮（即大坛子），四面架起炭火烧，烧到内外发烫，

把那些不肯认罪的囚犯放入瓮中，什么样的囚犯也得老实招供。"

于是，来俊臣马上叫人搬来一只大瓮，照周兴讲的，四周烧起炭火。然后对周兴说："有人告发你参与谋反，太后（指武则天）命我审讯你，请兄入此瓮吧。"周兴听了，惊恐万状，当场叩头认罪。

后来，人们由"请兄入此瓮"引出"请君入瓮"成语，比喻以其人之道还治其人之身，自己布置的圈套，想害别人，最后却害了自己。

兼收并蓄

这个成语故事出自唐代韩愈《进学解》。收：收罗；蓄：收藏，保存。

韩愈在《进学解》中，借用诸生之口表白了自己的抱负和精深的学识之后，同时又用含蓄的反话讽刺了当时的执政者不识贤愚，不会用人。他写道：

"……玉札乙丹砂，赤箭青芝，牛溲马勃，败鼓之皮，俱收并蓄，待用无遗者，医师之良也……"

丹砂：即朱砂；赤箭：天麻；青芝：又名龙芝；牛溲：车前草；马勃：又名马屁菌。

这段话的意思是：不论是贵重药材地榆、朱砂、天麻、青芝，还是价贱的车前草、马屁菌、破鼓皮，全部收集起来，保存待用，这是医师的妙用。

后来，"俱收并蓄"被引申为成语，多写作"兼收并蓄"，用来指把各种不同的东西一齐收集、保存起来。

高屋建瓴

"高屋建瓴"，意即把盛水的瓶子从屋顶上向下倾倒。比喻居高临下，势不可当。语出《史记·高祖本纪》。

西汉初年，汉高祖刘邦虽然登上了皇帝的宝座，但其政权并不十分稳固，诸侯王有的拥兵自重，有的甚至心怀异志，蓄意谋反。

汉高祖六年（公元前201年）十二月，有人密告楚王韩信阴谋反叛。刘邦知道自己用兵不是韩信的对手，便采纳了陈平的计策，假借到云梦（位于湖北省中部偏东）地区打猎为名，趁韩信前来迎接之机，将韩信逮捕，避免了一场流血冲突。群臣为之庆贺。有个名叫田肯的人在祝贺时劝说刘邦，一定要把关中地区（指函谷关以西地区）和齐地（今山东省泰山以北黄河流域及胶东半岛地区）这两个地理形势十分有利的地区牢牢地掌握在自己的手中。田肯在形容关中地区地理形势时说，关中这个地区地形险固，十分便于用兵，20万兵力就能抵得上百万敌军。从这个地方对函谷关以东的诸侯用兵，"譬犹居高屋之上建瓴水也"。刘邦听了，认为十分有理，大加赞赏；同时赏赐田肯黄金500斤。

高谈雄辩

这个成语故事出自唐代杜甫《饮中八仙歌》。

《饮中八仙歌》这首七言古诗中所描绘的是先后在长安的8个爱喝酒的名人，他们是同时代的封建地主阶级的知识分子。其中有皇族、丞相、诗人、艺术家等。他们都以嗜酒表现了清狂高傲、愤世嫉俗的思想性格。杜甫热情地讴歌他们，是因为他也嗜酒终身，怀才不遇。因而，这首诗从

高谈雄辩

生活的一个侧面，曲折地反映了封建社会里有志之士的苦闷情绪。本诗所咏的 8 个人物，自然分成 8 个小节。而每个小节又分别以二、三、四句形成，并非整齐划一。诗的最后一节咏的是焦遂，是一个平民。传说他平日口吃，对客不出一言，可是在酒醉之后却能高谈阔论，使得四座客人都很吃惊。诗中写道：

> 焦遂五斗方卓然，高谈雄辩惊四筵。

意思是说：焦遂，平日口吃得厉害，喝过五斗酒后，神态飘飘不平凡，高谈又阔论，席间满座皆惊叹。

后来，"高谈雄辩惊四筵"这句诗，被简化引申为"高谈雄辩"这个成语，用来形容能言善辩。

谈笑自若

"谈笑自若"，周围环境无论如何变化、气氛不管怎么紧张，都跟平常一样，有说有笑，毫不在意，也毫不惧怕。

《三国志·吴书·甘宁传》中有"城中士众皆惧，惟宁谈笑自若"的记载；《后汉书·孔融传》中也有"融隐几读书，谈笑自若"的记载。

据《三国志·吴书·甘宁传》，甘宁是东吴的一员大将，他作战勇敢而有智谋。208 年，曹操在赤壁战败，向江陵撤退；孙权和刘备的联军乘胜追击，赶到南郡（今湖北省江陵县境内）。曹操的部将曹仁奋勇击败吴军的先头部队。根据形势，甘宁建议，先夺取夷陵，再进攻南郡。大都督周瑜采纳了甘宁的建议，同时命令甘宁领兵直取夷陵。

甘宁领兵迅速占领了夷陵城，对南郡造成很大的威胁。但甘宁手下兵力太少，加上入城后招募的新兵也不过 1000 人。曹仁为了夺回夷陵，派了五六千人将夷陵团团围住，并在城外筑了高台，不时向城里射箭。这时城中吴军将士都有些紧张和害怕，只有甘宁同平常一样，谈笑自若，一点不紧张。后来，甘宁派人突围向周瑜告急。周瑜即刻发兵前来解围，赢得了胜利。

逢人说项

"逢人说项"出自宋朝计有功的《唐诗纪事·项斯》。

项斯，字子迁，唐朝人。他不但诗写得好，人品、风度也很不错。

起初，项斯的诗并不怎么出名，知道他的人也很少。有一次，项斯带着他的诗去向杨敬之求教。杨敬之是当时很有地位、很有名声的文士，担任宫廷中的高级学官"祭酒"。他曾读过项斯的部分诗文，认为写得相当好。这次，项斯和他面谈之后，更给他留下了很好的印象，他欣然命笔，赠诗一首：

几度见诗诗尽好，及观标格过于诗。

平生不解藏人善，到处逢人说项斯。

"逢人说项斯"，不管碰到谁，都要向他介绍和称赞项斯。

由于杨敬之的推荐和介绍，项斯的诗在首都长安很快便流传开来，项斯的名声也越来越大。第二年科举考试，项斯被录取为上等。

后来，人们将"到处逢人说项斯"的诗句简化为"逢人说项"，作成语用，比喻称赞某人的好处。

铁杵磨针

"铁杵磨针"（亦作"铁杵成针"）是一个勉励人们立志苦学的故事，见明朝陈仁锡编的《潜确类书》。

唐朝的李白，是我国历史上著名的大诗人，他的诗在我国文学史上占有十分重要的地位。但是，传说李白小时候学习怕困难，不肯下苦功夫读书，经常丢下书本出去游玩。有一次，他又扔下书本到外面闲逛，途中他见到一位老大娘，正在石头上磨一根铁杵，便奇怪地问老大娘为什么要磨这么粗的一根铁棍。老大娘回答说："我要把它磨成一根针。"李白不禁笑了起来，说："您老人家大概是跟我开玩笑吧？这么粗的铁杵，要磨成一根小针，谈何容易？"老大娘严肃地对他说："世界上没有办不成的事，只要坚持不断地磨，怎么会不成功呢？"

李白听了老大娘的话，十分感动，并且深受启发。从此以后，用功学习，刻苦钻研。遇到困难的时候，一想起老大娘"铁杵磨针"的事，就增添了克服困难的勇气和毅力，终于成为一位大诗人。

人们将"铁杵磨针"当成语用，比喻做任何事情，只要坚持不懈地努力，就一定会成功。

豺狼当道

"豺狼当道"成语出自《汉书·孙宝传》。

西汉成帝年间，颍川（今属河南省）人孙宝做益州（今四川成都地区）刺史时，曾上书告发大司马王音的外甥广汉太守扈商居官失职，使扈商被捕下狱。后来孙宝作冀州（今河北省中部地区）刺史时，又查出了皇后的兄弟红阳侯的罪行，使他失去了继承大司马职位的机会。

由于孙宝做官廉洁正直，被提升为京兆尹。到了京城后，孙宝听说前任中有一位叫侯文的，因正直遭到非议，即推说有病不肯出来任职。孙宝便亲自去请他，同他一起吃饭，与他交朋友。后来侯文终于出来担任东部督邮。上任前孙宝嘱咐他说："趁此良机，君当努力，斩除邪恶。"侯文听后说："某些人在此地，我很难做个好官啊。"孙宝问是谁，侯文说："霸陵人杜稚季。"

孙宝又问还有谁，侯文说："豺狼当道，不宜复问狐狸。"孙宝听了这话后，默然不语。因为榤季与卫尉淳于长、大鸿胪萧育关系极为密切，尽管榤季屡犯禁令，但根本没人敢治他。孙宝心里明白，但也很矛盾，他以前得罪过红阳侯，而现在淳于长势力很大，深得皇帝的器重，并且对自己也很友好。孙宝他也想依附这个势力。自从当上京兆尹后，淳于长就托孙宝保护杜榤季。

侯文知道孙宝为难的原因后，说道："您素来有清正之名，而现在不敢捉拿榤季，趁早关上门别当官了。如今不治榤季要去捉拿别人，这事传开您就完了。"孙宝听了侯文的话后非常惭愧，说："我一定听从您的教诲。"

后来榤季听说了这件事，便闭门不与别人往来，在自家后墙开了个小门，耕种家园。侯文听说后对孙宝说："榤季如能知过悔改，可以不治前罪。如果不从心里改悔只是表面做文章，那是自讨苦吃。"从此，榤季的确再也不干违法的事了，因此孙宝也就不再对榤季进行指责了。

后人根据这个故事引出"豺狼当道"成语，比喻坏人掌握了大权。"豺狼"，指坏人；"当道"，占据道路中心。

海阔天空

这个成语故事出自北宋《诗话总龟·道僧》引《古诗诗话》。

唐代著名画家张璪（澡），吴地（今江苏苏州市吴中区）人。他的绘画艺术很高，擅长画山水树石，尤其擅长画松树。据史书记载，他画松树的时候：

尝以手握双管，一时齐下，一为生枝，一为枯枝。气傲烟霞，势凌风雨，槎枒之形，鳞皴之状，随意纵横，应手间出。

槎枒：同杈丫，树枝歧出的样子；皴：皮肤裂开，指画中树干的纹理和阴阳背面；间：间或，偶尔。

这段话的意思是：张璪画松树，能用两手握笔，同时作画，一支笔画苍翠的生枝，一支笔画枯萎的树干。其气势傲视烟霞，凌犯风雨。树枝歧出，树皮像鱼鳞一样，看起来生动逼真。

所以，张璪的松树画，不仅作画的方法奇特，而且笔迹精巧。那青翠的树枝，湿润中好似含着春天的光泽；苍劲的树干，又犹如秋天落叶之后的气象一般。画中山水的形状，更是有高有低，非常秀丽，咫尺之间显出深远的气势。当时的人都称他的画是"神品"，极为珍贵。

可是，有一次张璪画松于荆州陟山古寺的斋壁上，却意外地受了冷落。原来，这个寺有个名叫玄览的和尚，平素间为人"道高风韵，人不可亲"，他看见了张璪在斋壁上画的松，却说是玷污了墙壁，即全用白粉涂掉了。玄览平时衣食也与众不同，时人怪而问之，他乃题诗于竹上：

大海从鱼跃，长空任鸟飞。

大海：也作"海阔"；长空：也作天空。

诗的大意是：我的心胸，像深广的大海一样辽阔，听从鱼儿跳跃；像天空一样没有边际，任凭鸟儿飞翔。

后来，人们便把"大海从鱼跃，长空任鸟飞"这两句诗简化引申为"海阔天空"这个成语，原用来比喻心胸开阔，行为不受拘束。现在多用来比喻议论东拉西扯，漫无边际，或随意漫谈，没有中心。

剜肉补疮

这个成语故事出自唐代聂夷中的《咏田家》诗。剜：用力挖取。

聂夷中，字坦之，唐时河东（今山西永济市）人。他出身贫穷，自幼参加农业劳动，对劳动群众的疾苦深有体验。后来中进士，曾任过华阴县尉。生活一向简朴，比较能了解人民的疾苦，特别对于农民由于生活所迫，受到各种形式的高利贷的盘剥深为同情，因而写下了《咏田家》诗，诉说农家受租税盘剥之苦。全诗共 8 句：

> 二月卖新丝，五月粜新谷。
>
> 医得眼前疮，剜却心头肉。
>
> 我愿君王心，化作光明烛。
>
> 不照绮罗筵，只照逃亡屋。

粜：卖粮食；剜却：挖掉；君王：皇帝；绮罗筵：豪华的宴会；逃亡屋：逃亡农民抛下的屋子。

诗的大意是：农家为了抵债，早在二月间没有孵蚕时，就把新丝预卖给人家了；五月里还刚插秧，却又不得不出卖掉未上场的新谷。这些都好似为了医治眼前的脓疮，而不得不挖下一块块完好的心头肉。我真希望皇上有一副好心肠，能把那一支支照明的蜡烛，不要只照耀广厦中那豪华的宴会，多照照逃亡流浪的农家遗下的破房子吧。

后来，人们便把"医得眼前疮，剜却心头肉"这两句诗，简化引申为"剜肉补疮"或"剜肉医疮"这个成语，用来比喻只顾眼前应急，不顾日后的困苦或后果。

流水桃花

这个成语故事出自唐代李白《山中问答》诗。

皖南黄山，犹如仙境，千百年来，不知博得过多少诗人的讴歌和赞美。唐朝天宝十二年（753 年），诗仙李白曾经来到这里遨游，并写下了一些隽永飘逸的诗篇。

位于黄山西南面的碧山，好似一块璀璨晶莹的碧玉镶嵌在黄山的画屏上。它不仅是座玲珑秀丽的名山，而且还盛产一种名叫白鹇的珍禽。这种鸟，形状很像山鸡，体形美，羽毛洁白而润泽，唯有嘴爪鲜红欲滴，十分逗人喜爱。

流水桃花

但它栖于乔松之上，既不易捕捉，又很难饲养。李白来到碧山时，曾亲自去访问过一位叫胡晖的山民。胡晖见了李白，因为久仰他的盛名，便把自己饲养的一对珍贵的白鹇送给了李白，李白很喜欢禽鸟，得此鸟极为高兴，当即挥笔成诗一首《赠黄山胡公求白鹇》相谢。诗中盛赞白鹇玉翎一尘不染，秉性高洁，借以寄托自己的志趣；同时，也赞颂了胡晖与他之间的真挚友情。李白在碧山停留期间，还兴致勃勃地登上了墨岭山上的寻阳台。后来，李白在《山中问答》一诗中，更流露了他在碧山游玩，乐而忘归的兴奋心情。全诗共四句：

问余何意栖碧山，笑而不答心自闲。

桃花流水窅然去，别有天地非人间。

碧山：在今安徽黟县西北面。据当时《徽州府志》记载，此地有十里桃林，每至春时，红花与绿树交映，秀色宜人；栖：住，李白游黄山时，曾在碧山小住；窅：深远的样子。

诗的大意是说：如果问我为什么要在碧山久久地盘桓、停留，我心里充满了说不出的欢乐的情趣。那桃花流水般的风光是如此的幽美，真是有别于人间的另一种新的境界。

后来，"桃花流水窅然去"这句诗，被简化引申为"流水桃花"或"桃花流水"这个成语，用来形容春日美景，有时也用来比喻男女间的爱情。

涕零如雨

语出自《诗经·小雅·小明》。

这首诗是位大夫由于行役日久，自述念友、思归的复杂心情的诗。全诗共5章，前3章言及念友、怀归的心情；后两章勉励同僚友人要居安思危。诗的第一章是：

明明上天，照临下土。我征徂西，至于艽野。二月初吉，载离寒暑；心之忧矣，其毒大苦。念彼共人，涕零如雨；岂不怀归，畏此罪罟。

征：出发，出征；徂：往；艽野：荒远之地；初吉：上旬吉日；共人：与作者志同道合的同僚、友人；涕零：流泪；罟：网。

这章诗的大意是：明明的上天，明察下土。自从我出征往西，到了那荒远之地。那是二月初旬，如今却已更历寒暑。心里的忧伤呀，就像毒药一般苦。想到志同道合的同僚、友人，眼泪像雨水一样往下淌。难道不想归家？是怕无辜身陷罗网！

后来，"涕零如雨"这句诗被引申为成语，用来形容忧伤、思念之情极深，眼泪像雨水一般往下淌。

涕零如雨

冥顽不灵

这个成语故事出自唐代韩愈《祭鳄鱼文》。冥顽：愚笨无知；灵：聪明。

韩愈在《祭鳄鱼文》中，历数了鳄鱼为害一方的罪行之后，便限令恶溪中的鳄鱼在 3—7 天之内，立即迁到南海里去住。文中写道：

七日不能，是终不肯徙也，是不有刺史听从其言也。不然，则是鳄鱼冥顽不灵，刺史虽有言，不闻不知也。夫傲天子之命吏，不听其言，不徒以避之，与冥顽不灵而为民物害者，皆可杀。

意思说：到了限期的 7 天，还不肯迁到大海中去，这就是终究不肯搬迁了，这就是眼里没有刺史，不听刺史的忠告了。这样，那就是鳄鱼愚顽不通人性，刺史虽有言在先，却既不听也不懂得。如果敢于傲视天子的官吏，不听他的劝告，不肯搬迁，对那些愚顽无知、残害人民生命财产的东西，都要捕而杀之。

鳄鱼，本是一种凶猛的爬行动物，长约 7 米，是鳄类中最大的一种，皮和鳞都很坚硬。一般生活在热带海洋、河流和池沼中，我国广东地区也偶有发现。它本来是不会通人性的，但是这次却出现了意外的奇迹。在韩愈投下祭品和祭文之后，在限令鳄鱼搬迁南海的期限内的一天夜里，突然发生了一场罕见的狂风暴雨；同时也许发生了人们未曾察觉的水下地震，恶溪的水文和地理条件骤然起了变化，鳄鱼存身不住，都迁走了。

根据这个故事，后来"冥顽不灵"这句话，被引申为成语，用来形容愚笨无知。

桃花潭水

这个成语故事出自唐代李白《赠汪伦》诗。

李白漫游至今安徽泾县桃花潭时，当地村民汪伦曾特地酿酒招待他。分别时，汪伦又以脚打节拍，边走边唱，为李白送行。李白很受感动，特地写下了这首富有民歌色彩的小诗《赠汪伦》，表达了他与汪伦的深厚情谊。全诗4句：

> 李白乘舟将欲行，忽闻岸上踏歌声。

> 桃花潭水深千尺，不及汪伦送我情。

汪伦：泾县（今安徽泾县）桃花潭的农民；踏歌：民间一种歌唱形式，以脚步踏地为节拍；桃花潭：在今安徽泾县西南。

诗的大意是：李白乘船将要离去，忽然听到岸上传来了送行的歌声。纵然那桃花潭水有千尺之深，也没有汪伦送我的情意深啊！

这首诗清新活泼，很富感染力。全诗28个字，没有用一个典故，没有任何夸张，语言平易浅近，连一个费解的字都找不到，但却以深挚的感情打动着读者。

后来，人们便由此引出"桃花潭水"这个成语，用以比喻友谊深厚。

晓风残月

这个成语故事出自北宋柳永《雨霖铃》词。晓：拂晓；雨霖铃：词调名。

柳永，初名三变，字耆卿，北宋福建崇安人。柳永生活在宋仁宗的时代，当时随着农业生产的发展，商业和手工业也空前发展，城市繁荣，一般达官贵人和富商大贾，生活奢侈，征歌选色，无不尽情地挥霍、享乐。早年，柳永应试不第，便流连于城市之中，出没于娼馆酒楼之间，而教坊（当时的歌伎院）乐工，每每得到新的曲谱，便常求柳永配上歌词。柳永便写了大量的慢词（即指与当时流行于文人学士之间字少调短的"小令"比较而言是字多调长的词）新声，受到市民的欢迎。可是，宋仁宗听到后，却认为他品质恶劣，不让他中进士，还挖苦柳永说："此人风前月下，好去浅斟低唱，何要浮名？

且去填词！"几句话，便决定了柳永在政治上一生不得志。晚年虽考中进士，但也只做过余杭令、屯田员外郎等小官，穷愁潦倒，家无余财，据说死后还是伎女们集资收葬的。

柳永是北宋著名的词人，精通音律，学习并发展了流传于民间的"慢词"曲调。创制的长调，语言通俗，音节谐婉，情景交融，并长于铺叙刻画，能将曲折复杂的感情，写得淋漓尽致。当然，他的作品中也存在消极颓废的东西。

《雨霖铃》是柳永词的代表之作。它写的是男女恋情和离愁别情，是用女方的口气来表现送别恋人的哀伤感情的。词的上片叙述离别的时间、地点和分别时的种种情态；下片着重写女方的心理活动，设想别后的凄凉处境。从题材内容上看，这首词艺术成就较高，是传诵一时的作品。词的全文是：

寒蝉凄切，对长亭晚，骤雨初歇。都门帐饮无绪，留恋处，兰舟催发。执手相看泪眼，竟无语凝噎。念去去千里烟波，暮霭沉沉楚天阔。

多情自古伤离别。更那堪、冷落清秋节！今宵酒醒何处？杨柳岸，晓风残月。此去经年，应是良辰好景虚设。便纵有千种风情，更与何人说？

寒蝉：秋蝉；长亭：古时大路上修建的供行人休息的小亭子，也常是送别的地方；都门帐饮：在京都城外搭起帐篷，为人设宴送行；兰舟：兰木舟，对客船的美称；凝噎：难过得说不出话来；去去：去了去了之意；暮霭：傍晚的云雾；楚天：泛指南国的天空；多情：多情的人；经：过；经年：年复一年；风情：情意；更：将，打算。

词的大意是：蝉声凄切，夜色渐浓，在这骤雨刚住的时刻，京都城门外的帐幕里，将要分离的人们虽有杯酒相酬，但实在无心宴饮。正在这依依不舍之际，客船却催着出发了。分离的人儿啊，泪眼模糊，执手相看，纵有千言万语，竟说不出半句来。再想到他离去了之后，千里烟波，楚天空阔，暮霭沉沉，征途渺渺，何日才能重新会面呢？

多情的人自古就是最伤离别的。何况这怅惘的离情加上冷落的中秋之夜，更难以忍受。将要远去的人儿啊，今天夜里，当你酒后一觉醒来之时，已不知置身何地。在那杨柳夹岸，晓风拂面，残月将落，四顾苍茫的情景下，又将是怎么一种滋味啊！这回离去之后，年复一年，虽说是良辰美景也无心观赏，纵使我有无限美好的情意，可又向谁去倾诉呢？

后来，人们便把"晓风残月"引申为成语，用来形容冷落凄凉的意境；也用来概括拂晓时，晓风吹拂，残月将落的景况。

泰山压卵

这个成语故事出自《晋书·孙惠传》："况履顺讨逆，执正伐邪，是乌获摧冰，贲育拉朽，猛兽吞狐，泰山压卵，因风燎原，未足方也。"

265 年，司马炎代魏称帝，建立西晋王朝，史称晋武帝。为了永久统治天下，他把同姓子弟都封为王，让他们分守全国重要城邑。

302 年，河间王司马颙与长沙司马乂联合起来攻杀了司马冏。这时，成都王司马颖专权辅政，任用孙惠，封他为大将军参军。不久，司马颙和司马颖联合攻杀了司马乂，然后又将司马颖废掉。孙惠由于擅自杀死司马颖的门将梁俊，更换姓名潜逃。后来，东海王司马越在下邳大举起兵，声势很大，表示拥戴皇室。孙惠对司马越抱有很大希望，于是化名南岳逸士秦秘之，给他写

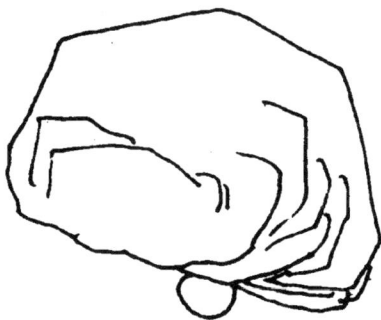

泰山压卵

了一封信。孙惠在信中称颂司马越的举兵好像是猛兽吞食一只小狐狸，高峻的泰山压一个小小的鸟卵，必胜无疑。

司马越非常赏识孙惠的文才，派人张贴榜文寻找写信人。后来终于找到孙惠，就任他为记室参军，负责军中文书工作，并参与谋议大事。此后孙惠屡次升官，受到重用。

泰山北斗

语出《新唐书·韩愈传赞》："自愈没，其言大行，学者仰之如泰山北斗云。"

韩愈是我国唐代著名的文学家、哲学家。

他年幼时父母俱丧，由嫂嫂抚养成人。他刻苦自学，终于成为大学问家。在文学上，面对六朝以来盛行的浮艳骈丽文风，韩愈极力反对，提倡散体文，与柳宗元同为古文运动的倡导者。他的散文在继承先秦西汉古文的基础上，加以创新和发展，具有气

泰山北斗

势雄健、博大精深的特色。然而，在当时韩文并不为人们重视，直到他死后，韩文才被人们推崇、效法，蔚成风气。因此，后来的学者敬重仰慕韩愈，把他喻为泰山、北斗。

泰山鸿毛

语出汉司马迁《报任安书》："人固有一死，或重于泰山，或轻于鸿毛，用之所趋异也。"

为了完成《史记》这部巨著，司马迁忍受了种种的侮辱和迫害，他顽强地活了下来。司马迁给他的好友任安（字少卿）写了一封信（即《报任安书》），信中叙述了他下狱受刑的不幸遭遇和立志著书的宏大志向。信中写道，人必有一死，但有人死得比泰山还重，有人死得比鸿毛还轻，自己所以苟活于世，甘蒙奇耻大辱，这完全是为了完成历史著作的写作，为了实现自己的抱负和志向。

泰山鸿毛

司马迁凭着顽强的毅力，发愤写作，经过 13 年的艰苦努力，用尽全部心血和精力，终于完成了我国最早的一部纪传体通史——《史记》。书中不少传记语言生动，形象鲜明，是优秀的文学作品，对后世史学和文学都有深远的影响，具有不朽的价值。

泰然自若

这个成语出自宋范浚《心箴》："天君泰然，百体从令。"《史记·樗里子甘茂列传》："鲁人有与曾参同姓名者杀人，人告其母曰：'曾参杀人！'其母织自若也。"

金人颜盏门都，身材高大，美须飘飘。他的哥哥羊艾在进攻汴梁的战斗中不幸牺牲，门都于是拿起武器，穿上军装，来到军营中，开始了他的军旅生涯。

门都还在睿宗手下当副官的时候，都统完颜杲准备进攻饶风关，派门都带着60名骑兵作先遣队，察看地形及对方布置情况。门都出色地完成了任务，展露了他的军事才华。完颜杲非常欣赏他的机智勇敢，临危不惧，将他带在身边。

天眷初年（1138年），定国军节度使李世辅与他的父亲一起被金军俘虏，后来父亲被杀，李世辅投靠西夏，伺机报杀父之仇。一次，李世辅设下家宴，派人邀请完颜杲来做客，席间，以献甲胄为名，劫持了杲。门都看到情形危急，冒死逃了出来，带援军救出了完颜杲。以后，门都多次立下战功。

门都性情忠厚，谨小慎微。作战中善于安置营垒，计划特别缜密周到。他遇事沉着镇静，有敌人突然进犯，即使矢箭如雨落下，他仍泰然自若，像平时一样布置行动计划，发出行动命令。门都又有豪侠心肠，对待士兵宽宏大度，因此他的队伍军心稳定，任何情况下都有良好的秩序，士兵们也死心塌地跟随着他。

后来，"泰然自若"这一成语，用来形容在突然情况下，沉着镇定，毫不慌张。

班门弄斧

语出柳宗元《河东先生集·王氏伯仲唱和诗》："操斧于班、郢之门，斯强颜耳。"

鲁班，又名鲁般、公输般，春秋时期鲁国（今山东曲阜）人。传说是位能工巧匠，善于雕刻与建筑，技艺举世无双。人们一直把他看作是木匠的祖师爷。

有一次，明代诗人梅之焕到采石矶凭吊李白。采石矶是民间传说中著名唐代诗人李白晚年游览采石江时，见水中之月，清澈透明，竟探身去捉，便坠江而殁的地方。由于李白在此留下过足迹，因此传说纷起，并留下了不少名胜，如李白墓、谪仙楼、捉月亭等等。采石矶也因此成了旅游胜地。

这天，梅之焕来到采石矶旁的李白墓，一看却心中大为不满，矶上、墓上，凡墓前可以写字的地方，都被人留有诗句，那些诗文狗屁不通，想不到想冒充风雅的游人，竟在被称为"诗圣"的李白的墓上胡诌乱题，那些拙劣诗句的作者，又有什么脸在李白面前舞文弄墨呢？真是可笑之极！梅之焕心中越想越不是滋味，感慨之余，挥笔题了一首诗：

采石江边一堆土，李白之名高千古；来来往往一首诗，鲁班门前弄大斧。

"班门弄斧"最早出现的雏形是柳宗元的"操斧于班、郢之门，斯强颜耳"。意即在鲁班门前操弄斧子，是厚着脸皮（郢，是另一位古代的操斧能手）。讽刺那些不自量力，竟在行家面前卖弄本领的人。

梅之焕讥讽那些自以为会作诗的游人，是"鲁班门前弄大斧"。这句话被后人缩成"班门弄斧"。这样，"班门弄斧"的成语，就流传下来了。

班荆道故

这个故事出自《左传》襄公二十六年："伍举奔郑，将遂奔晋。声子将如晋，遇之于郑郊，班荆相与食，而言复故。"

春秋时代，楚国大夫伍举听到消息说，他的岳父犯法获罪，自己也要受到株连，来不及同家人告别，就匆忙出逃，只身一人逃到郑国。

他准备继续北上，到晋国去避难。走到郑国都城的郊外，恰巧碰见了出使晋国的蔡国大夫声子。

伍举与声子原是世交，这两位从小相知而又多年不见的好友，在异国的土地上突然相逢，感到又惊又喜。于是，两人就折下路边的荆条铺在地上，相对而坐，同时拿出干粮来边吃边谈。

伍举把自己的不幸遭遇告诉了声子，声子听了非常同情，决心帮助他。后来，伍举终于在声子的帮助下，重新回到了楚国。

莫测高深

语出《汉书·严延年传》："众人民谓当死者，一朝出之；所谓当生者，诡杀之。吏民莫能测其意深浅，战栗不敢犯禁。"

西汉时，有个刚正不阿的官员，名叫严延年。他父亲是丞相的属吏，他本人年轻时就在丞相府里学习法律，后来被选拔为御史大夫的属吏。

当时，大司马大将军霍光权势很大。汉昭帝死后，他迎立刘贺为帝，不久将他废掉，又迎立宣帝。宣帝即位后，严延年竟敢于上奏章批评霍光擅自废立皇帝，并谴责他是不道。奏章虽然被搁置起来没有处理，但朝廷上下对他都很敬畏。

后来，严延年被任命为涿郡太守。这地方地主豪强的势力相当强大，他们欺凌弱小，鱼肉乡民，尤其是西高氏和东高氏两家更是凶狠，无恶不作，到涿郡来的几任太守都奈何他们不得。

这两家都养着许多宾客，这些人其实都是盗贼，作了案就藏在高氏家里，官吏不敢进去追捕。由于他们一贯为非作歹，境内的盗贼越来越凶残。人们就是在大白天赶路，也得张弓拔刀，才敢行走。

严延年到任后，很快了解到了上面这些情况。他传令属官蠡吾、赵绣查明高氏家的具体罪行，马上向他报告。赵绣明知两高氏作恶多端，论罪必死，但又不想得罪他们。他见严延年是新来的太守，便准备好了两份有关高氏家的罪行材料，一份轻，一份重。他把罪行重的一份藏在怀里，而先将轻的一份交上去，如果太守发怒，就再把重的交上去。

不料，严延年已经估计到赵绣会来这一手。接过赵绣递上来罪行轻的一份材料，读了几行，喝令左右在他身上搜出了另一份，随即当场将他关押起来。第二天一早，就把他斩首示众。这一来，所有下属都吓得浑身发抖。

接着，严延年下令将西高氏和东高氏捉拿归案，并且很快查清了他们全部的罪行。然后，将有关罪犯各数十人全部处决。

3年后，严延年迁升河南太守。当地的地主豪强听说他来了，吓得连大气都不敢喘。严延年到任后，严厉打击犯罪的豪强富户，竭力扶助贫弱人家。他断案与一般官员不同，常常是贫弱人家即使犯了比较重的罪，他也不照法令严办，而是宽大处理；豪强富户欺诈平民，即使罪行不大，他也要重重处罚。众人认为该处死的，有时竟会获得释放，而大家认为罪不该死的，有时却被诛杀。不论官吏还是百姓，都不能揣测出他的心意如何，以致大家吓得不敢犯法。尽管他这样做，文书方面仍然做得非常严密，没有一点漏洞。

严延年执法严明，诛杀了许多豪强，自然引起了他们的憎恨。后来他被人诬陷，惨遭杀害。

唇亡齿寒

语出《左传》僖公五年："晋侯复假道于虞以伐虢。宫之奇谏曰：'虢，虞之表也。虢亡，虞必从之。晋不可启，寇不可玩，一之谓甚，其可再乎？谚所谓辅车相依、唇亡齿寒者，其虞、虢之谓也。'"

春秋时，晋国的邻近有虢、虞两个小国。晋国想举兵攻打虢国，但要打虢国，晋国大军必须经过虞国。

晋献公于是用美玉和名马作礼物，送给虞国国君虞公，请求借道让晋军攻打虢国。虞国大夫宫之奇谏劝虞公不要答应，但虞公贪图美玉和名马，还是答应给晋献公借道。

宫之奇劝谏虞公说：

"虢国是虞国的依靠呀！虢国和虞国两国就好像嘴唇和牙齿一样，嘴唇没有了，牙齿岂能自保？一旦晋国灭掉虢国，虞国一定会跟着被灭亡。这'唇亡齿寒'的道理，您怎么就不明白？请您千万不要借道让晋军征伐虢国。"

虞公不听谏劝。

宫之奇见无法说服虞公，只得带着全家老小，逃到了曹国。

这样，晋献公在虞公的"帮助下"，轻而易举地灭掉了虢国。晋军得胜归来，借口整顿兵马，驻扎在虞国，然后发动突然袭击，一下子又灭掉了虞国。

目光短浅的虞公只看见眼前的利益，看不出虢国的存亡与虞国有密切的联系，成了晋国的俘虏。

厝火积薪

语见《汉书·贾谊传》："夫抱火，厝之积薪之下，而寝其上，火未及燃，因谓之安。方今之势，何以异此！本末舛逆，首尾衡决，国制抢攘，非甚有纪，胡可谓治？"

西汉到了文帝时，国势已较为强盛，但也潜伏着危险。在有人向朝廷告发吴王刘濞谋反时，贾谊写了《治安策》，向汉文帝进谏：要削弱诸侯王的势力，加强中央集权。他以事实指出这一问题的严重性：先有济北王刘兴居的叛乱，再有淮南厉王刘长的谋反，现又有吴王刘濞不轨。诸侯王的割据，犹如厝火积薪，火还没有燃烧起来，看来还很安宁。现在的形势，就和这种情况相类似。要是不采取有力的措施，怎么谈得上治国有方呢？

破釜沉舟

语出《史记·项羽本纪》："项羽乃悉引兵渡河，皆沉船，破釜甑，烧庐舍，持三日粮，以示士卒必死，无一还心。"

秦朝末年，秦二世派大将章邯攻打赵国。赵军不敌，退守巨鹿（今河北平乡西南），被秦军团团围住。楚怀王封宋义为上将军，项羽为副将，派他们率军去救援赵国。

不料，宋义把兵带到安阳（今山东曹县东南）后，接连 46 天停滞不进。项羽忍不住，一再要求他赶紧渡江北上，赶到巨鹿，与被围赵军来个里应外合。但宋义另有所谋，想让秦、赵两军打得精疲力竭再进攻，这样便于取胜。他严令军中，不听调遣的人，不管是谁都要杀。与此同时，宋义又邀请宾客，大吃大喝，而士兵和百姓却忍饥挨饿。

项羽忍无可忍，进营帐杀了宋义，并声称他勾结齐国反楚，楚王有密令杀他。将士们马上拥戴项羽代理将军。项羽把杀宋义的事及原因报告了楚怀王，楚怀王只好正式任命他为上将军。

项羽杀宋义的事，震惊了楚国，并在各国有了威名。他随即派出两名将军，率 2 万军队渡河去救巨鹿。在获悉取得小胜并接到增援的请求后，他下令全军渡河救援赵军。

项羽在全军渡河之后，采取了一系列果断的行动：把所有的船只凿沉，击破烧饭用的锅子，烧掉宿营的屋子，只携带 3 天干粮，以此表示决心死战，没有一点后退的打算。

这支有进无退的大军到了巨鹿外围，立即包围了秦军。经过 9 次激战，截断了秦军的补给线。负责围攻巨鹿的两名秦将，一名被活捉，另一名投火自焚。

在这之前，来援助赵国的各路诸侯虽然有几路军队在巨鹿附近，但都不敢与秦军交锋。楚军的拼死决战取得胜利，大大地提高了项羽的声威。

从此，项羽率领的军队成了当时反秦力量中最强大的一支武装。

后来，"皆沉船，破釜甑"演化为成语"破釜沉舟"，用来比喻拼死一战，决心很大。

项羽也成了当时农民起义军的著名领袖人物，并在不久后和刘邦的起义军一起，推翻了秦朝的统治。

振臂一呼

参见《文选·李陵（答苏武书）》："死伤积野，余不满百，而皆扶病，不任干戈，然陵振臂一呼，创病皆起。"

苏武出使的第二年秋天，李陵率领 5000 步兵北上。队伍经过 40 多天的行军，与 3 万匈奴骑兵遭遇，并在开阔地上被包围起来。李陵命令部下前列执戟、盾，后列拉弓弩。一接战，匈奴骑兵没能占到便宜，单于只得下令撤退。李陵下令追击，一举歼灭 2000 多人。

单于随即调来 8 万骑兵，进攻不到 5000 的汉军。他在攻击中发现，汉军并没有后援，便打算彻底予以消灭。李陵估计到双方实力相差太大，硬拼将导致全军覆灭，就边打边向东南撤去。于是，单于发动进攻。李陵指挥部下全力反击，匈奴骑兵伤亡惨重。单于胆怯，打算收兵。此时，汉军中一个小头目向匈奴兵投降，并透露汉军只剩下 3000 多人，弓箭即将耗尽，也没有援军等内情。单于大喜，命令全线攻击，在匈奴兵的猛烈冲杀下，汉军的尸体堆满了原野，余下来的不满百人，并且都是伤病者。在这种情况下，李陵挥动着手臂，大声呼喊道："勇敢杀敌啊！"随着李陵这一声号召，伤员和病员全部举起刀向匈奴兵冲去。匈奴兵突然受到猛烈的反击，纷纷后退。但是，汉军毕竟寡不敌众，经过两天拼杀，李陵力尽被俘。

党同伐异

语出《后汉书·党锢传序》："自武帝以后，崇尚儒学，怀经协术，所在雾会，至有石渠分争之论，党同伐异之说。"

公元前 141 年，刘彻即位，史称汉武帝。他当政的第二年就下了一道诏书，命朝廷大臣和各地诸侯王、郡守推举贤良文学之士。诏书下达后不久、各地送来了 100 多个有才学的读书人。武帝命他们每人写一篇怎样治理国家的文章，其中有个名叫董仲舒的文章写得不错，武帝亲自召见他两次，问了他不少话。董仲舒回话后，又呈上两篇文章，武帝看了都非常满意。

董仲舒的 3 篇文章，都是论述天和人的关系的，所以合称为《天人三策》，又称《举贤良对策》。其中宣扬的理论，叫做"天人感应"。这种理论把封建统治尤其是皇帝的权力神化：谁反对皇帝，谁就是反对"天"，就是大逆不道。

为了贯彻这种理论，董仲舒在《天人三策》中提出了三项建议：一是将诸子百家的学说当做邪说，予以禁止，独尊孔子及其儒家经典，以通过文化上的统制，达到政治上的统一。这就是所谓"罢黜百家，独尊儒术"。二是设立传授儒家经典的最高学府。三是网罗天下人才,使他们忠心耿耿地为朝廷服务。

董仲舒"罢黜百家,独尊儒术"的主张,非常合乎武帝一统天下的心思。他亲政后,就设置了专门传授儒家学说的五经博士,向50名弟子讲述《诗》《书》《易》《春秋》等5部儒家经典。这些弟子每年考试一次,学通一经的就可以做官,成绩好的可当大官。后来,博士弟子人数不断增加,最多时达3000人。

到汉宣帝刘询当政的时候,儒家思想已经成为维护封建统治的正统思想,儒家学说更是盛行,刘询自己也让五经名儒萧望之来教授太子。但由于当时儒生对五经有不同的理解,所以宣帝决定进行一次讨论。

公元前51年,由萧望之主持,在皇家藏书楼兼讲经处的石渠阁,进行了一次大规模的讨论。在讨论过程中,儒生们把和自己观点一样的人作为同党,互相纠合起来;而对观点不一样的人,则进行攻击。为此,《后汉书》的作者在评述这一现象时,把它称为"党同伐异",也就是纠合同党攻击异己。

乘人之危

这个成语故事出自《后汉书·盖勋传》:"谋事杀良,非忠也;乘人之危,非仁也。"

东汉时,盖勋因为人正直,很有才干,被举为孝廉,当上了郡太守的主要属官——长史。盖勋所在的郡属凉州刺史梁鹄管辖,而梁鹄又是盖勋的朋友。

当时,受凉州刺史管辖的武威太守横行霸道,干尽了坏事,老百姓对他恨之入骨,又敢怒不敢言。但是,梁鹄的属官苏正和却不畏强霸,敢于碰硬,依法查办武威太守的罪行。

不料,梁鹄生怕追查武威太守的罪行会涉及高层权贵,连罪自己,焦虑不安。他甚至想杀了苏正和灭口，但又吃不准这样做是否妥当，于是打算去找好友盖勋商量究竟该怎么办。

也正巧，盖勋与苏正和是一对冤家。有人向他透露刺史将要和他商量如何处置苏正和，并且建议他乘此机会，劝刺史杀了苏正和，来个公报私仇。盖勋听了断然拒绝说：

"为个人的私事杀害良臣，是不忠的表现；趁别人危难的时候去害人家，是不仁的行为。"

之后，梁鹄果然来与他商议处置苏正和的事。盖勋打比方规劝梁鹄说："喂养鹰鸢，要使它凶猛，这样才能为您捕获猎物。如今它已经很凶猛了，您却想把它杀掉。既然如此养它又有什么呢？"

乘风破浪

语出《宋书·宗悫传》："悫年少时，炳问其志，悫曰：'愿乘长风破万里浪。'"

南北朝时，有个年轻人名叫宗悫，字元干。他从小就跟着父亲和叔叔舞剑弄棒，练拳习武，年纪不大，武艺却十分高强。

有一天正是他的哥哥结婚的日子，家里宾客盈门，热闹非凡。有 10 多个盗贼也乘机冒充客人，混了进来。

正当前面客厅里人来人往，喝酒道贺之际，这伙盗贼却已潜入宗家的库房里抢劫起来。有个家仆去库房拿东西，发现了盗贼，大声惊叫着奔进客厅。

一时间，客厅里人都被惊呆了，不知如何是好。只见宗悫镇定自若，拔出佩剑，直奔库房。

盗贼一见来了人，挥舞着刀枪威吓宗悫，不许他靠前。

宗悫面无惧色，举剑直刺盗贼，家人也呐喊助威。盗贼见势不妙，丢下抢得的财物，赶紧脱身逃跑了。

宾客见盗贼被赶走了，纷纷称赞宗悫机敏勇敢，少年有为。问他将来长大后干什么？他昂起头，大声地说：

愿乘长风破万里浪，干一番伟大的事业。

果然，几年以后，当林邑王范阳迈侵扰边境，皇帝派交州刺史檀和之前往讨伐时，宗悫自告奋勇地请求参战，被皇帝任命为振武将军。

一次，檀和之进兵包围了区粟城里林邑王的守将范扶龙，命宗悫去阻击林邑王派来增援的兵力。

宗悫设计，先把部队埋伏在援兵的必经之路，等援兵一进入埋伏圈，伏军立即出击，把援兵打得个落花流水。

就这样，宗悫果然替国家打了不少胜仗，立下许多战功，被封为洮阳侯，实现了他少年时的志向。

乘兴而来

语出《晋书·王徽之传》："徽之曰：'本乘兴而来，兴尽而返，何必见安道耶？'"

王徽之是东晋时的大书法家王羲之的三儿子，生性高傲，不愿受人的约束，行为豪放不拘。虽说在朝做官，却常常到处闲逛，不处理官衙内的日常事务。

后来，他干脆辞去官职，隐居在山阴（今绍兴），天天游山玩水，饮酒吟诗，倒也落得个自由自在。

有一年冬天，鹅毛大雪纷纷扬扬地接连下了几天，到了一天夜晚，雪停了。天空中出现了一轮明月，皎洁的月光照在白雪上，好像到处盛开着晶莹耀眼的花朵，洁白可爱。

王徽之推开窗户，见到四周白雪皑皑，真是美极了，顿时兴致勃勃地叫家人搬出桌椅，取来酒菜，独自一人坐在庭院里慢斟细酌起来。他喝喝酒，观观景，吟吟诗，高兴得手舞足蹈。

忽然，他觉得此景此情，如能再伴有悠悠的琴声，那就更动人了。由此，他想起了那个会弹琴作画的朋友戴逵。

"嘿，我何不马上去见他呢？"

于是，王徽之马上叫仆人备船挥桨，连夜前往。也不考虑自己在山阴而戴逵却在剡溪，两地有相当的距离。

月光照泻在河面上，水波粼粼。船儿轻快地向前行，沿途的景色都披上了银装。王徽之观赏着如此秀丽的夜色，如同进入了仙境一般。

"快！快！把船儿再撑得快点！"

王徽之催促着仆人，恨不能早点见到戴逵，共赏美景。

船儿整整行驶了一夜，拂晓时，终于到了剡溪。可王徽之却突然要仆人撑船回去。仆人莫名其妙，诧异地问他为什么不上岸去见戴逵。他淡淡地一笑，说：

"我本来一时兴起才来的，如今兴致没有了，当然应该回去，何必一定要见着戴逵呢？"

积不相能

这个成语见《后汉书·吴汉传》："子与刘公积不相能，而信其虚谈，不为之备，终受制矣。"

公元23年，汉皇族刘玄称帝。有个名叫王郎的卜者，自称是汉成帝的儿子，也自立为帝，建都邯郸。次年，刘玄派谢躬率军讨伐王郎，但是未见成效。于是，刘玄又增派刘秀率军与谢躬的军队一起作战，结果打垮王郎，攻占了邯郸。

谢躬一向与刘秀不和，曾经几次打算起兵攻打刘秀，只是怕不敌刘秀，才没有动手。现在，他与刘秀的军队都共同驻扎邯郸，难免要发生摩擦。

刘秀很有心计，决定慢慢收拾谢躬。谢躬的部将抢掠民物，谢躬知道后从不向刘秀通报，刘秀心里虽然不满，但不露声色，经常当面夸奖谢躬勤于职守。时间长了，谢躬不再对他有所顾忌。

谢躬的妻子知道这种情况后，时刻告诫丈夫说："你与刘秀长期以来互不亲善，如今轻信他的虚情假意，如果不加防备，终有一天要受他所害。"

谢躬把妻子的话当作耳边风，率领部下回到邺地驻扎。不久，刘秀率兵南下，攻打一支农民起义军，请谢躬出兵配合，袭击另外一支农民起义军。谢躬答应了他的要求，让大将刘庆、太守陈康留守邺城，自己亲自带兵去完成袭击任务。不料，那支起义军战斗力很强，谢躬的军队大败。

其实，请谢躬配合作战是刘秀的一条计谋。谢躬一离开邺城，刘秀一面派偏将吴汉率领军队进击邺城，一面派一个能说会道的辩士游说太守陈康，要他归附刘秀，否则，大兵一到，死路一条。陈康见大势已去，便逮捕了大将刘庆和谢躬的妻子，向吴汉投降。

谢躬完全没有想到陈康会反叛自己，带了少数败兵退到邺城，见城门开着，便骑马进去。不料，刘秀的军队早已埋伏在城门左右。随着一声鼓声，伏兵冲出来将谢躬拖下马来，用绳索紧紧捆住。吴汉从腰间拔出剑来，手起剑落，将谢躬劈作两段。

积羽沉舟

语出《战国策·魏策一》："积羽沉舟，群轻折轴。"《史记·张仪传》："臣闻之，积羽沉舟，群轻折轴，众口铄金，积毁销骨。"

战国时期，周王权力日衰，诸侯争霸天下，游说之士应运而生，分为"合纵""连横"两派，前者主张弱国联合抗击强秦，后者主张弱国跟随强秦征服其他国家。张仪主张"连横"，在秦做了几年相国，他发觉齐、楚、燕、韩、魏、赵六国合纵盟约牢固，便辞去相位，去魏国说服魏王退出纵约，结好强秦。张仪到魏的第二年就被魏襄王命名为相国。他身在魏，心向秦，一直想通过"连横"的手段，使秦称霸天下。魏国与秦国邻近，只要魏带头站到秦国方面，其他诸侯就会仿效。张仪劝说魏襄王联合秦国，攻打齐、楚。魏襄王知道秦国有野心，不讲信义，故不听从。秦王闻知大怒，一面派大军袭取魏国曲沃、平周等地，一面派人暗中不断厚赠张仪财宝。

张仪在魏4年，无以报答秦国馈赠，内心很惭愧。正值魏襄王死，哀王继位，他又劝说魏哀王事秦，又遭拒绝。于是张仪暗中要秦征伐魏国。魏被强秦打败，隔了一年又受齐国侵犯，败于观津。秦乘机再次攻打魏国，他们先把魏国大将申差打败，斩首82000，使六国诸侯大为震恐。魏国战事接连失利，纵约国之间出现裂痕。张仪利用这一时机，配合秦国军事进攻，巧言善辩地压服哀王事秦。并以"积羽沉舟"作比喻，指出魏有遭覆灭的危险。魏哀王终于屈服于内外压力，同意了"连横"。

积劳成疾

语出明·冯梦龙《东周列国志》第六十九回："自夏四月围起，直至冬十一月，公孙归生积劳成疾，卧不能起，城中食尽，饿死者居半，守者疲困，不能御敌。"

楚灵王凭着强大的国势和兵力，灭了陈国以后，即兴兵而伐蔡。蔡侯中计被杀，楚兵攻城甚急。刚接位的世子有听从监国公孙归生的意见，向晋求救。晋昭公因兵力不足，叫宋、齐、鲁、卫、郑等国出兵，可是他们都怕强楚。蔡国没有办法，只好凭自己的微薄力量守城。一个不及楚国一个县的蔡国，居然能守 7 个月之久。这全靠公孙归生的一力支撑。公孙归生劳累过度而病倒了，睡着而不能起来，城中的粮食也吃完了，守卫兵士也筋疲力尽了，楚乃破城而入。

笑容可掬

语出明·罗贯中《三国演义》第九十五回："果见孔明坐于城楼之上，笑容可掬，焚香操琴。"

三国时期，蜀国诸葛亮挥军打出祁山，准备一举攻灭曹魏。但是，由于蜀将马谡言过其实，刚愎自用，致使战略要地街亭（今甘肃省庄浪东南）失守。因而，完全打乱了诸葛亮的战略部署，使他非常被动，只好退守西城。

司马懿攻占街亭、列柳城之后，率领 15 万大军，直奔西城杀来。这时，诸葛亮身边已经没有战将，只有一些文官。所引 5000 军马，已派走一半搬运粮草，只剩 2500 兵士留在城中。官员们听说司马懿率领 15 万大军向西城杀来，个个大惊失色，魂不附体。诸葛亮登上城楼一看，只见东北方向尘土扬天，魏兵已向西城杀来。诸葛亮想逃跑已经来不及了，想抵抗又缺兵少将，形势十分危急。在这紧要关头，诸葛亮眉头一皱，计上心来。诸葛亮下令，城头旌旗全部藏起来；诸将各守岗位，不得慌张，否则立即处死；大开城门，让一些士兵装成老百姓，在街道上洒扫，不得惊慌乱动。诸葛亮自己则端坐在城门楼上，羽扇纶巾，焚香抚琴，装成若无其事的样子。

司马懿的大军来到城下，见诸葛亮坐在城楼上，笑容可掬，烧着香，弹着琴，两个童子伺候两旁，城门内外，有 20 多个百姓，只顾低头洒扫，旁若无人。司马懿见此情况，怀疑城中必有重兵埋伏，于是急忙下令退兵。

这就是有名的空城计。

秦镜高悬

语出汉刘歆《西京杂记》卷三。

在秦朝的咸阳宫中，收藏着无数的珍品宝物，其中有一面方镜，宽4尺，高5尺9寸，正反两面都十分明亮。人直立对镜，镜内的人影却是倒立的；如果抚摩着胸口来照，可以清楚地照见五脏，体内有病的人，可以照出病在什么地方。如果谁有坏心歹意，也能在一照之下看得清清楚楚。据说秦始皇就常常利用这面镜子，来考察宫中嫔妃、侍卫等人是否忠贞，倘若发现心胆慌张乱跳的人，就立即逮捕审讯，加罪惩处。

这个传说，载《西京杂记》。原文是："有方镜，广4尺，高5尺9寸，表里有明。人直来照之，影则倒见。以手扪心而来，则见肠胃五脏，历然无碍。人有疾病在内，则掩心而照之，则知病之所在。又女子有邪心，则胆张心动。秦始皇常以照宫人，胆张心动者杀之。"当然，这决不会事实。《西京杂记》的编著者似乎预料到读者要追问他：这面神奇的镜子现在在哪里？所以他说：可惜后来这宝贝流失了。当刘邦和项羽先后攻入咸阳的时候，刘邦倒还好，把咸阳宫的珍宝，全部封存了起来，可是项羽领兵来到，把珍宝从刘邦手中夺走了不少。这面神奇的镜子，就在那时候不知弄到哪里去了。

由于这一传说，就产生了"秦镜"这个成语。对善于明察是非、判案公正无私的法官，人们就赞誉为"秦镜"，例如"秦镜高悬"。以前的衙门里的大堂上，总要挂着"秦镜高悬"的匾额，以表明判案正确。

秦琼卖马

语出清褚人获《隋唐演义》。

秦琼，字叔宝，山东人。他是唐朝的开国功臣，曾参加河南的瓦岗起义军，是李密的骠骑亲将。瓦岗军覆灭后，秦叔宝又为李世民所罗致，逐步成为高级将领。

秦叔宝这个人，在民间的声望很大，原因是有两部小说《隋唐演义》和《说唐》，都特别强调秦叔宝。在《隋唐演义》与《说唐》里，都有"秦琼卖马"的故事，说的是秦琼在潞州落了难，穷得连饭店钱也付不出。先是典押了随身的兵器金双铜，后来逼得连自己的坐骑黄骠马也卖了。可是人在倒霉的时候，样样不遂心，连马也没有人要。幸而遇见了一位卖柴的老者，动了同情心，指引秦叔宝说："这西门15里外，有个二贤庄，庄上主人姓单号雄信，排行第二，人称他为二员外，要买好马送朋友。"秦琼久闻潞州单雄信的大名，就由这位老者介绍到二贤庄，与单二员外见面。秦琼羞于说出真名实姓，只称姓王，拿了马价而去，后来单雄信从别人口中，获知卖马的人，就是山东济南府的秦琼，便立刻追赶，捧着秦琼的脸说："叔宝哥哥，你端的想杀了单通也。"

所以《说唐》里的秦琼，简直和《水浒传》里的宋江一样，到处受英雄豪杰的崇拜。

素面朝天

语出宋乐史《杨太真外传》。

唐玄宗李隆基时，由于宠爱的武惠妃去世，他常常郁郁寡欢，有时无缘无故地发火。

当时他儿子寿王李瑁的妃子杨玉环是一位绝色美人。玄宗一见到她就神魂颠倒，虽然从辈分上说，她是自己的儿媳妇，但他顾不得辈分了，千方百计将她弄到自己的身边，封她为贵妃，宠爱有加。自从得到杨贵妃，唐玄宗便沉溺于歌舞声色了。

杨贵妃集后宫 3000 宫女嫔妃的宠爱在一身，杨家顿时鸡犬升天，兄弟姐妹都得到封赏，大姐封韩国夫人，三姐封虢国夫人，八姐封秦国夫人。

韩国夫人、虢国夫人、秦国夫人 3 人都美貌出众，玄宗经常与她们一起寻欢作乐，每年都要赏赐大量的脂粉钱。

3 人中虢国夫人最漂亮，又很会卖弄风骚，讨皇上喜欢，玄宗对她也是又怜又爱。虢国夫人自恃美艳，常常不施脂粉，素面入朝，觐见天子（素面朝天）。诗人张祜曾有诗讽刺道：

虢国夫人承主恩，

平明上马入宫门。

却嫌脂粉污颜色，

淡扫娥眉朝至尊。

宫中女子为了讨皇上欢心，都要描眉画唇，施以厚厚的脂粉。虢国夫人别出心裁，不施脂粉，在六宫粉黛中反而更显得美若天仙，玄宗由此更加宠爱她。她家的宅第，豪华比得上皇宫，气派没有哪家能比，虢国夫人享尽荣华富贵。安史之乱后，她逃到陈仓，死在那里。

素不相识

语出晋陈寿《三国志·吴书·陆瑁传》。

陆瑁是三国时吴郡人，叔父陆绩 32 岁就去世了，留下两子一女，都只有几岁，陆瑁便把他们接到自己家里来抚养，直到他们长大成人，才让他们独立生活。后来，陆绩的大儿子做过会稽南部都尉，二儿子担任长水校尉，都很有出息。

陆瑁性情豪爽，心地善良。同郡的徐原，官做到侍御史，和陆瑁一样为人耿直，喜欢直言不讳。他与陆瑁素不相识，但早就听说过陆瑁的为人。临终时，他放心不下自己的儿女，觉得陆瑁是个可以托付的人，便写下遗书，把儿女托付给他。徐原死后，陆瑁为他修建了坟墓，将他安葬，又把他的儿女接到家里来，让他们与自己的儿子一起吃一起睡，当做自己亲生儿女一样看待，孩子们在他家一点儿也不受拘束。陆瑁还请来先生给他们授课，他自己也亲自教导他们。为了他们，陆瑁放弃了许多做官的机会，州、郡多次征召，他都不去就职。在他的影响下，孩子们个个知书识礼，胸有大志，当地人传为美谈。

素车白马

语出春秋左丘明《左传》哀公二年。

春秋时，晋国的大夫范氏起兵企图夺取晋国的政权，郑国帮助范氏，齐国也倒向范氏，由郑大夫子姚、子般负责运送粮食给范氏。晋国得到消息，派赵鞅率军阻击，双方在戚城遭遇了。

赵鞅召集手下商量对策，晋将阳虎建议："现在敌众我寡，只有智取才能战胜。我方车辆少，但可以在车上插上旗帜，在子姚、子般军到来之前列好阵，使之威严整齐，首先在气势上压倒他们，敌人看到我方遍插军旗，纹丝不乱，必然恐惧。这时再开战，我们就有取胜的把握了。"赵鞅接受了阳虎的建议。

交战开始前，赵鞅为鼓舞士气，指天发誓说："我们身为臣子，就要忠于君主，今天这一战，关系重大，凡是能英勇杀敌的将士，上大夫可以受封郡邑，下大夫可以受封县邑，士兵可受封良田十亩，平民、工匠、商人都可以升官，奴仆、罪人可以恢复自由。至于我自己，如果打了胜仗，就奏请君王酌情赏赐我；如果打败了，就用绳子把我勒死了，只用 3 寸厚的桐木棺，棺材内不用贴身的内棺，用白马驾着没有装饰的车送葬（素车白马），而且不埋到祖坟里去。这就是对我的惩罚。"

于是，晋国士兵士气大振，交战中勇猛无比。晋军追击郑军，虽然伤亡很大，但官兵毫无惧色，继续向前冲，带伤作战的赵鞅看着勇敢的将士，非常赞叹。

莫予毒也

语出春秋左丘明《左传》僖公二十八年。

公元前 633 年，楚成王率领陈、蔡等国的军队，围攻不肯归服的宋国。宋国向晋国求救，晋国立即出兵攻击楚的盟国曹国，迫使楚军撤围救援。

楚军和晋军在城濮交锋。双方列好阵势，楚军统帅子玉率领中军布阵，大言不惭地说："我军兵力优于晋军，一定能打败晋军。"

交战一开始，晋军下军将领胥臣率领一支精锐部队向楚军右翼的陈、蔡联军发动猛烈的攻击，陈、蔡联军不堪一击，立即溃败。同时，晋军上军将领狐毛和下军将领栾平与敌军略一交锋，立即假装败退，诱敌追击。楚军不知是计，拼命追击。这时，晋文公亲率最精锐的中军向楚军拦腰杀来，而假装败退的晋军，也回头夹击楚军，楚军大败，楚军统帅子玉自刎而死。

晋文公一向把子玉当做自己的心腹之患，听到子玉自杀的消息，高兴地说："再也没有人能加害我了（莫予毒也）！"

倾国倾城

语出汉班固《汉书·孝武李夫人传》。

汉代音乐家李延年既善于唱歌，又能创作歌曲。汉武帝时，他是宫中的乐师，很受武帝喜爱。

有一天，李延年在汉武帝面前一边唱歌，一边跳舞。他唱道："北方有佳人，绝世而独立，一顾倾人城，再顾倾人国。宁不知倾城与倾国，佳人难再得！"

汉武帝对这首歌很感兴趣，他问道："世界上真能有这样的绝代佳人吗？"

武帝的姐姐平阳公主说道："李延年的妹妹，就是这样的佳人。"

汉武帝命人把李延年的妹妹带进宫中，一看，果然是个绝代佳人。汉武帝把她留在身边，封她为李夫人，对她非常宠爱。

李夫人原来是个歌伎，她进宫时间不久，便得病而死。汉武帝非常怀念她，让人为她画像，又让术士为她招魂，想和她再见一面。因为想念李夫人，汉武帝写了不少诗歌，抒发对李夫人的感情，如《悼李夫人赋》《李夫人歌》等。

"倾国倾城"的成语就是从李延年的歌中概括出来的。

胸有成竹

语出元脱脱等《宋史·文同传》。

宋代的大文学家苏轼（即苏东坡），不但文章和诗词写得好，而且书画也很出色。他和文同是好朋友。文同也兼长绘画，我国绘画史上称他们两人的画为"文人画"。

苏轼一生在政治上很不得意，他的作画，不过是发泄"怒气"，自求陶醉，并没有什么目的。当时，宋徽宗是一个喜爱书画的皇帝，苏轼屡遭贬官降职之后，这个风雅皇帝便让他担任"玉局观提举"。苏轼在观里比较空闲，就大画墨竹，绘画技法倒因此大有提高。苏轼曾写过一本《画竹记》，介绍画竹的经验说："画竹，必先得成竹于胸中。"这就是说：画竹的画家，在动笔之前一定要酝酿成熟，先有一个生动具体的竹子形象在心胸里，这样，画出来的竹子才生动。

文同也爱画墨竹，他虽然也画花鸟、山水和人物，但是以画墨竹最为有名。文同画竹，也要求先有成竹在胸，当时还有一个善画的文人晁补之，曾有一首诗，称赞文同的"墨竹"艺术，其中有两句道：

与可画竹时，成竹已在胸。

后来，人们就用"胸有成竹"形容遇到问题，心中早就有了解决的办法。

脍炙人口

语出战国孟轲《孟子·尽心下》。

曾参和他的父亲曾皙都是孔子的弟子。曾皙很喜欢吃羊枣，羊枣是一种小柿子，俗称牛奶柿。曾参是个孝子，父亲去世以后，为了哀悼父亲，不忍心再吃羊枣。

后来孟子的弟子公孙丑向孟子问道："老师，脍炙（烤肉丝）和羊枣哪一种好吃？"

孟子答道："当然是脍炙呀！"

公孙丑又问："那么，曾子为什么吃脍炙而不吃羊枣呢？"

孟子答道："脍炙是大家都喜欢吃的，羊枣只是个别人喜欢吃的，是曾皙的特别嗜好。父母的名字应该避讳，而姓却不必避讳，因为姓是大家共有的，名却是他独自一个人的。因此，曾参吃脍炙而不吃羊枣。"

成语"脍炙人口"即由此而产生，后来演变成比喻人人赞美和称颂的好诗文。

疾风扫落叶

语出宋司马光《资治通鉴·晋纪·孝武帝太元七年》。

晋朝十六国时期，前秦皇帝苻坚，大力整顿国内政治，发展生产，使国家很快强大起来，统一了北方大部分地区。苻坚野心勃勃，一心要攻打东晋王朝，他把大臣们召集到太极殿，商议出兵讨伐东晋。他说，目前他有97万大军，准备亲自率军南下，一举攻下东晋，请大家谈谈各自的看法。

大臣们议论纷纷，各自说明进行这场战争的利害，除了一位官员表示赞成外，其他人都反对出战。苻坚很不高兴，立刻宣布退朝。但他决心进攻东晋，就再和弟弟苻融商量。谁知苻融也坚决反对进攻东晋。

苻坚勃然大怒说："连你都反对，我还指望谁呢！我有百万雄兵，军备充足，后继有援，屡次打胜仗，还怕打不胜东晋这个将要灭亡的国家吗？"

苻融说："东晋还很强大，还没有到灭亡的时候。再说，京城附近布满了鲜卑、羌、羯等民族的武装势力，他们都是我们的深仇暗敌，一旦大军出征，他们在京城叛变，我们可就危险了！"

疾风扫落叶

苻坚听不进苻融的劝告,固执己见,决意进攻东晋,大臣们涌进太极殿苦苦劝谏,苻坚狂妄地说:"我们百万大军去攻打弱小的东晋,犹如疾风扫落叶!"苻坚不顾群臣的反对,动员全国力量,率军进攻东晋,结果淝水一战,打了个大败仗。

望洋兴叹

语出《庄子·秋水》。

传说在很久以前黄河有个水神河伯。他一直生活在黄河中游的孟津(今河南省孟州市西南的黄河渡口)附近。在黄河边住久了,河伯总是以为黄河是天下最大的河,没有一条河能与黄河相比。

秋天到了,雨水增多,大小支流河水涨了,全汇集在黄河里。但是,黄河河道有限,河水到岸上,淹没了河洲和两岸田地。一眼望去,黄河加宽了许多,开阔起来,望着这波涛滚滚的黄河,河伯得意扬扬,以为天下的水都流到自己河中来了。于是,他顺着水流乘兴来到黄河入海处的尽头——北海(渤海)。抬头举目望去,只见白茫茫的大海无边无际,翻滚的波浪拍打着蓝天。这浩

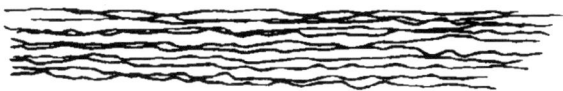

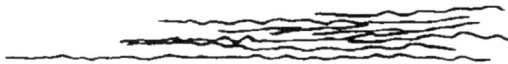

望洋兴叹

瀚的北海,是他从未见过的,现在才知道黄河与它根本不能相比。

河伯惊讶地叹道:"天哪!世界上除了黄河之外,竟还有这么广阔的水面啊!"这时的他不再得意了。他调转头来,仰望着北海,苦叹道:"俗话说:'听到过100个道理,就自以为知道很多,觉得谁也不如自己。'这大概是指我吧。"

骑虎难下

语出《晋书·温峤传》。

328年,苏峻和祖约以诛杀辅佐晋成帝的庾亮为名,率军进入都城建康,掌握了朝廷大权。庾亮逃到江州。

在紧要关头,江州刺史温峤和庾亮共推当时的征西大将军陶侃为盟主,起兵讨伐苏峻和祖约。

交战几个回合,由于叛军人多势众,陶侃打了几个败仗,他责备温峤说:"你原来说不必担心没有将士,只要老夫我出来当盟主就行。现在几次战斗都遭到失败,你所说的良将在哪里?我带我的队伍回荆州算了。复兴朝廷的事以后再说。"

温峤说:"你这样做就不妥了。自古以来的战例说明,取胜的关键在于军队的同心同德,光武帝刘秀救援昆阳、曹操夺取官渡都是以少胜多的战例,而现在的苏峻和祖约这两个叛贼,是国家和人民的祸害,我们讨伐他们,胜负就在此一举。当前的态势,决不允许我们后退,已经骑在猛兽的背上了,怎能中途下来呢?你如果违背大家的意愿,独自率军离去,势必造成军心动摇,一旦我军丧失斗志,使讨伐失败,那么,将来朝廷会把矛头对准你了。"

陶侃听了温峤的这席话,无言对答,只好留下不走了。温峤又和他仔细商量了作战计划,从水陆两路进攻叛军。最后,讨伐叛贼的斗争终于取得了胜利。

盛气凌人

语出《战国策·赵策四》。

战国时期，赵惠文王去世后，赵孝成王继位。因他年纪尚小，由母亲赵太后摄政。

这时强大的秦国趁机攻伐赵国，赵军抵挡不住。赵太后派人向齐国求救。但齐国提出：要让孝成王的小弟弟长安君到齐国去当人质，才肯出兵救援。

赵太后溺爱长安君，不肯把他送到齐国，为此齐国也不肯发救。为保国大计，赵国的大臣竭力劝说太后，使得太后十分生气，并说："谁要再提出让长安君做人质，我就往他脸上吐唾沫。"

左师触龙求见太后。太后以为他又来劝谏，就态度傲慢，怒气冲冲地等着他，一副盛气凌人的样子。谁知触龙小跑几步来到近前，说他近来腿脚不好，很久没有问候太后，今日特来请安等等。

触龙说："父母疼爱孩子，就要为他们的前途着想。您老人家把女儿嫁给远方的燕王，是为她的长远利益打算，这是真爱她。而如今您让长安君身居高位，封给他肥美的土地，但不给他为国立功的机会。一旦您离开人世，长安君怎么能在赵国站得住脚呢？我认为，太后没有为长安君的长远利益着想。"

触龙这一番议论使太后幡然醒悟，她终于同意送长安君到齐国去当人质。

齐国发兵救赵，秦国很快就撤兵了。

大公无私

有一天，晋平公问祁黄羊："南阳缺个县官，你看谁当合适？"祁黄羊说："解狐最合适。"晋平公很奇怪："解狐不是你的仇人吗，你为什么要推荐他做官？"祁黄羊答道："您只问我谁能当县官，并没问我谁是仇人。"于是解狐就被派去做了南阳的县官。他在南阳做了一些好事，得到了百姓的称赞。

又有一天，晋平公问祁黄羊："朝廷里缺个法官，你看谁当合适？"祁黄羊说："祁午合适。"晋平公又奇怪了："祁午不是你儿子吗，你不怕别人说你为儿子走后门吗？"祁黄羊答道："您问的是谁可以当法官，并没有问祁午是不是我儿子。"祁午做了法官，能秉公执法，得到了人们的称赞。

这两件事后来传了出去，知道的人都说："祁黄羊这人可真不错，无论是自己的仇人还是自己的儿子，只要是有德有才的，他都能推荐。这才是真正的大公无私呢！"

这句成语用来形容秉公办事，没有私心。

东山再起

东晋时期，有个叫谢安的人。他不仅仪表俊美，文才出众，而且喜诗文，擅书法。谢安生性温纯，举止言行沉静，不喜欢功名利禄。他本来被朝廷召到司徒府做官，可时过不久，他便以病为借口辞去职务。以后便隐居在景色秀丽、气候宜人的会稽的东山。

隐居期间，他结识了当时很有名望的王羲之、许询等人，常常在一起吟诗作文，挥毫洒墨，游山玩水，登高赏月，日子过得舒适自在。

朝廷知道谢安的才识，一心想再召用他，曾三番五次下令命他赴任，可每次都被谢安婉言辞谢，并一直在东山过着隐居生活。

谢安 40 岁以后，征西大将军、明帝司马昭的女婿桓温又派人请他做司马。面对外族的入侵，朝廷的腐败无能，国家处于危难之中的现实，使谢安再也不忍心继续隐居在东山了，于是答应了桓温的邀请。

谢安出了东山以后，屡建功勋。在有名的"淝水之战"中他任征讨大都督。由于他深谋远虑，指挥有方，结果以 5 万精兵打败不可一世的前秦苻坚的百万大军。

以后谢安做了更大的官，名望更大了。

这句成语原意是再度任职，后用来比喻失败后重新兴起。

东施效颦

传说春秋时期，在越国民间有一个出名的美女叫西施。她虽是平凡民间村女，可天生一副美色，脸若朝霞，眼若秋水，身材袅娜，模样轻柔，更兼有娇滴滴的一种明媚迷人的情态。总之，她的仪表，气质，一举一动都是美的，并且无人可及。西施虽有美貌可身体不佳，尤其她有个心口痛的毛病。因为病痛，她有时不得不皱着眉头，捂住心口。

与西施同村有一个丑女，偶然一

东施效颦

次看见西施这个样子，认为这样子一定很美，就也学着皱起眉头，捂住心口。

以后丑女出门总是先皱起眉头，捂住心口，一副病态。村里的人看到了，都非常害怕，有的人家关上门，不愿出门碰到她，有时即使在路上碰到她，也赶紧拉着妻儿，走远道而躲开。

后来人们给丑女起了个绰号叫"东施"。

这句成语原指丑人模仿美人姿态。后比喻不根据具体条件，盲目模仿别人，效果适得其反。

独当一面

张良是西汉初大臣，字子房。

公元前 208 年，张良聚众归刘邦后，成为刘邦的重要谋士，为刘邦夺取天下，出了不少的计谋。刘邦曾夸赞他"运筹帷幄之中，决胜千里之外"，深受刘邦的尊重。

有一次，刘邦、项羽交战到了彭城，刘邦的军队大败而还，撤到下邑（现安徽省砀山县）。刘邦非常恼火，他跳下马，对张良说道："谁能替我出这口气，我就把关东让给谁，快告诉我，谁能有这种力量。"张良说："九江的英布是西楚的猛将，现在与项羽发生矛盾。还有西楚大将彭越和齐国联合，准备背叛项羽，这两个人，可以利用。至于大王的将领，只有韩信可以立此大功，独当一面。如果大王把关东交给他们这 3 个人，你这口气一定能出，西楚必败。"

刘邦立刻按张良的话去做，最后果然打败了项羽。

这句成语指一个人担当或领导一个方面的工作。

对症下药

华佗是我国东汉末年的一位名医。他通晓养生之道，虽年近百岁却保持壮年的容貌。他又精于医方与用药。他给人治病，只要吃上几味药立刻病除。他对药物的分量心中也有数，不用称。每次给人针灸，不过选一两处穴位，每处不过灸七八次，病痛便消除，所以人们称他为"神医"。他还根据病人的实际情况，仔细诊断，找出病根，然后才开方下药。

有一次，郡府中官吏倪寻和李延一块来找华佗看病，两人都是头痛发烧，所感到的疼痛完全一样，华佗给他们仔细检查后，说："倪寻吃下泻药，李延吃发汗药。"两人很奇怪，发出疑问道："为什么同病而药不同？"华佗耐心地说："倪寻的病根是在身体内部，脾虚所致，李延的病根是在外部，受寒引起，所以用药就得不同啦。"两人各自服了药，第二天病都好了。

这句成语比喻针对客观事物的具体情况，制定解决问题的方法。

分庭抗礼

有一次，孔子和学生们在河边的一个小树林里休息。学生们游戏，孔子就拿起琴弹了起来。这时一位白发白须的老渔父走上岸来，眯着眼，站在那里听孔子弹琴。过了一会儿，他问子路："这位弹琴的人是谁呀？"子路马上说："就是讲究忠恕、身行仁义、当今闻名的圣人孔子。也就是我们的先生呀！"子路琅声说完，以为老人会恭敬地给孔子施礼或请教点什么。可没想到老人微笑了一下说："恐怕是危忘真性，偏行仁爱呀……"说完转身想走。

孔子这时正好一曲终了，他听到老人的话，放下琴，猛然起身，躬身施礼，

分庭抗礼

说："圣人请留步，如此高深的教导，孔丘我很少领教，请您多多指教……"

渔父很善讲，还真的滔滔不绝地对孔子讲起理论来。孔子谦恭地站在那里，边听边点头。一直到天色已经很晚了，渔父才转身走了。而孔子却站在那里弯着腰躬着背施礼送别，目送很远，一直到看不见渔父的影子，他才惆怅地上车返归。

子路看先生这出乎寻常的表现很不理解地问："就是天子、诸侯，同您见面，也都是分庭抗礼，平起平坐。而今渔父傲慢无礼，您却对他那么恭敬，是否有失您的身份？"

孔子听了子路的话，不高兴地对他说："不能这么说，我告诉你，遇年长的人不敬是失礼，遇贤人不尊是不仁。不仁不礼是祸根。你千万要记住啊！"子路点头表示听从。

这句成语比喻互不相下，或相对抗、闹独立。

分崩离析

孔子有个学生叫冉求，向来赞成鲁国大夫季孙，而不赞成他老师孔子的主张。孔子曾经要求他的学生公开声讨冉求。季孙准备攻打颛臾（鲁国的附庸），冉求去见孔子，说明季孙的意图，问可不可以。孔子大发脾气，说："冉求！我最讨厌不说自己的贪心无厌，却一定要另找借口。"又说："远人不服，而不能来也，邦分崩离析，而不能守也；而谋动干戈于邦内。吾恐季孙之忧不在颛臾，而在萧墙之内也。"意思是："远方的人不归服，却不能招致；国家四分五裂，却不能保全，反而想在国境以内使用兵力。我恐怕季孙的忧患不在颛臾，而在鲁国内部呵！"

这个故事出于《论语·季氏》。

后来人们就用"分崩离析"这个成语来比喻四分五裂。毛主席曾在《和英国记者贝特兰的谈话》一文中用过这个成语。

覆水难收

汉朝时候，有个叫朱买臣的人，他嗜书如命，可是因为家境贫困，他不得不放下书本辍学归田，以种田卖柴维持一家老小的生活。

朱买臣虽然很辛劳，可每天他还是在种田的道上，卖柴的路上，边走边读书。

他的妻子见日子过得这么穷，朱买臣又这么没出息，只知读书，于是提出离婚。朱买臣恳求妻子说："现在，我是很穷，可是我发奋读书，定会有出头之日，你会享受荣华富贵的，再忍耐一下吧，我们夫妻一场，千万不要这样扔下我离去呀！"可是无论朱买臣怎样挽留，他的妻子都不肯，坚决地走了。

朱买臣伤心地大哭一场。

过了几年，朝廷果真赏识朱买臣的才学，让他当了会稽太守。他上任那天，县官举行了隆重的仪式迎接他。朱买臣的妻子远远看见威风凛凛的新太守，正是自己以前的丈夫，不觉悲喜交加。

后来她又找到朱买臣，希望跟他和好。朱买臣便取了一盆水，泼在地上，对离他而去的妻子说："如果你能把这盆泼出去的水收回来，我就带你回家复婚。"她明白朱买臣是在拒绝她，伤心悔恨之极，回到家便自杀了。

这句成语比喻事情已经成了定局，就无法挽回。

百折不挠

典出汉蔡邕《太尉桥玄碑》：高明卓异，为众杰雄，其性疾华尚朴，有百折而不挠，临大节而不可夺之风。

桥玄是东汉时期汉灵帝当政时的尚书令。后来还被任命为太尉。因为桥玄为人清正，刚直不阿，敢于同贪官污吏斗争，所以在当时朝野上下，他的知名度很高。

有一天，桥玄10岁的小儿子独自在家门前玩耍，忽然来了3个强盗将孩子绑架掠走。几天后强盗来找桥玄，向他索一笔钱赎回孩子，不然就将孩子杀害。桥玄气愤地骂道："我是朝廷命官，岂能容你们横行霸道，我要捉拿你们归案！"

这时河南尹、洛阳令率兵来捕强盗，已把桥玄府围住，但不敢进宅子，怕逼急了强盗会伤害孩子。桥玄见此情景，从院里大声疾呼："快来捉拿强盗，我岂能因一个孩子而放掉贼人！"结果强盗是被捕获了，他的小儿子却因此被人杀害。

桥玄失去了爱子很是悲痛，但他想如何才能杜绝这类案件发生呢？他想了几天，想出了一个办法，便向皇帝上书：

"以后凡是被贼人绑架走的，不许用钱赎回，那样贼人会越搞越凶的；官府捉到掠人为质的强盗一律处斩！"

朝廷按照桥玄的意见公布了法令。以后绑架劫持的事件才逐渐绝迹了。

桥玄年轻时候，在县里做功曹，官虽然小，可是他尽职尽责，敢检举朝廷大将军梁冀的朋友羊昌的罪行，他当汉阳太守时，发现自己属下的县令皇甫祯贪赃枉法，便立即捉来处死，使整个郡的官民为之一震。后来，桥玄担任尚书令，他又告发太中大夫盖升搜刮民财，罪行累累，应该下牢办罪。可是皇帝与盖升有旧恩，感情密切，不同意桥玄的意见，不但不判盖升的罪，反而给他升官。桥玄一气之下称病辞职，回了家乡。

曹操对桥玄一向很景仰，那时曹操还是东汉的小官，没人认识他。一天，曹操去拜访桥玄，两人谈得很投机。桥玄对曹操说：

"你看现在天下动荡不安，我看你才智超人，将来安定国家、将息百姓的恐怕就是你了……"曹操非常感谢他，以为桥玄才是知己。

后来曹操掌握了大权以后，专程到桥玄坟地上吊唁他，曹操在祭文中称赞桥玄说：桥玄太尉是品德高尚的人，对待我像孔子对待颜渊，我永远不会忘记。

"百折不挠"这句成语就是从上述的故事和文章中来的，现在用它来比喻意志坚强，不论受多少挫折都不屈服。百折不挠也可写成百折不回。

不甘雌伏

典出《后汉书·赵典传》：温字子柔，初为京兆丞，叹曰："大丈夫当雄飞，安能雌伏？"遂弃官去。遭岁大饥，散家粮以振穷饿，所活万余人。献帝西迁都，为侍中，同舆辇至长安，封江南亭侯，代杨彪为司空。

东汉时期，有一个人叫赵典。汉桓帝（刘志）建和初年，赵典被拜为议郎，又升任侍中，出任弘农太守等职。死后，谥号为献侯。赵典有一个侄子叫赵温，字子柔。当初，赵温当京兆丞，食禄 600 石。赵温感叹地说："男子汉大丈夫要像雄鹰那样展翅高飞，怎么可以像母鸡那样趴在地上！"于是，他弃官而去。那一年，正赶上年成不好，闹饥荒，赵温散发家中的粮食赈济劳苦的饥民，共救济了 1 万多人。189 年，汉灵帝死，皇子刘辩继位，何太后临朝，

不甘雌伏

何进掌朝政。董卓引兵到洛阳，废皇子刘辩，立汉献帝（刘协）。为了缓和社会上的反抗，董卓和汉献帝从洛阳退避到长安。当时，赵温为侍中，同汉献帝坐着同一辆车抵达长安，被封为江南亭侯，代替杨彪做司空。

"不甘雌伏"就是从这个故事来的。它的意思是说，不甘心像雌鸟那样伏着不动。用来比喻不甘寂寞，不愿意无所作为。

不忘沟壑

典出《孟子·滕文公下》：陈代曰："不见诸侯，宜若小然；今一见之，大则以王，小则以霸。且《志》曰：'枉尺而直寻。'宜若可为也。"

孟子曰："昔齐景公田，招虞人以旌，不至，将杀之。志士不忘在沟壑，勇士不忘丧其元。孔子奚取焉？取非其招不往也。如不待其招而往，何哉？且夫枉尺而直寻者，以利言也。如以利，则枉寻直尺而利，亦可为与？"

战国时期，孟子的学生陈代建议孟子去拜见诸侯，对孟子说："您不去拜见诸侯，大概只是从小处保证自己清高的气节吧？如果您去拜见诸侯，从大处看，可以推行王道仁政，也可以称霸诸侯。况且《志》书上说过这样的话：'弯曲时只有一尺长，伸展开来就有八尺长了。'我觉得您可以那样去做。"

孟子回答道："从前齐景公打猎，用饰有羽毛的旗帜召唤猎苑的管理员，那个小吏认为齐景公的行为不合乎礼数，因此不予理睬，齐景公就准备

杀他。可见有志气的人为了坚
持节操不怕抛尸山沟，勇敢的
人为了维护正义不怕掉脑袋。
孔子赞许那个猎苑管理员什
么呢？就是赞许他对不是自
己应该接受的召唤，坚决不答
应，硬是不去。如果我不管诸
侯邀请没有，硬是前去，那又
是怎样的行为呢？你说弯曲
时只有尺把长，伸展开来就有
8 尺长，那是从利益的角度考
虑问题。如果单从利益的角度
考虑问题，弯曲时有 8 尺长，

不忘沟壑

伸展开来仅仅尺把长，而又是有利的，难道也可以去干吗？"

　　"不忘沟壑"就是从这个故事来的。沟壑：山沟，古人常用它指野死弃
尸之处。人们用"不忘沟壑"形容时刻不忘为正义而献出生命。

不因人热

　　典出《东观汉记·梁鸿传》：梁鸿省孤，以童幼诣太学受世，治《礼》《诗》《春
秋》。常独坐止，不与人问食，比舍（近邻）先炊已，呼鸿及热釜炊。鸿曰：
"童子鸿，不因人热者也。"灭灶更燃火鸿家贫而尚节，博览无不通。

　　东汉时，文学家梁鸿为人孤傲，清贫自守。他同妻子孟光一起隐居在吴地，
替别人当佣工。由于生活困难，常常寄居在别人家里。

　　有一次，梁鸿夫妇寄住在一家当地人家里，这家人做完饭后，见梁鸿还

没有生火做饭，就关心地说："我的饭已经好了，灶里的火还燃着，何不趁着余火，你接着做饭吧。"梁鸿听后，就像受到了羞辱一样，正色地说："你的好意，我们心里是知道的，但一个人处世，怎么能利用别人的余火来加自己的热呢？"梁鸿说完，舀来水灭掉灶中的火，重新升起火做饭。

后人用"不因人热"比喻性情孤傲、不依赖别人。

春服舞雩

典出《论语·先进》：子路、曾皙、冉有、公西华侍坐。子曰："以吾一日长乎尔，毋吾以也。居则曰：'不吾知也！'如或知尔，则何以哉？"子路率尔而对曰："千乘之国，摄乎大国之间，加之以师旅，因之以饥馑，由也为之，比及三年，可使有勇，且知方也。"夫子哂之。"求！尔何如？"对曰："方六七十，如五六十，求也为之，比及三年，可使足民。如其礼乐，以俟君子。""赤！尔何如？"对曰："非曰能之，愿学焉。宗庙之事，如会同，端章甫，愿为小相焉。""点！尔何如？"鼓瑟希，铿尔，舍瑟而作，对曰："异乎三子者之撰。"子曰："何伤乎？亦各言其志也。"曰："莫（同"暮"）春者，春服既成，冠者五六人，童子六七人，浴乎沂，风乎舞雩，咏而归。"夫子喟然叹曰："吾与点也！"

春服舞雩

春秋时期的孔子,经常同他的学生们讨论问题。有一天,子路、曾皙(名点,字子皙)、冉有(即冉求)、公西华4个人陪孔子坐着。孔子说:"你们平时总说:'没有人知道我呀!'假如有人知道你们,任用你们,那你们要干些什么呢?"子路急忙回答说:"一个拥有1000辆兵车的国家,夹在大国中间,常受别国军队侵犯,加上内部又有饥荒,让我去治理,只要3年,就可以使人们勇敢善战,而且懂得遵守礼义。"孔子听了,讥讽地微笑着。他又问:"冉求,你怎么样呢?"冉求回答说:"一个六七十里见方,或者五六十里见方的小国家,让我去治理。只要3年,就可以使老百姓饱暖。至于空虚国家的礼乐,那只有等待君子来实行了。"孔子又问:"公西赤(即公西华)!你怎么样呢?"公西赤回答说:"不敢说我能够做到,而是愿意学习。在宗庙祭祀的工作中,或者在同别国的盟会中,我愿意穿着礼服,戴着礼帽,做一个小小的赞礼人。"孔子又问:"曾点,你怎么样呢?"这时,曾点放慢弹瑟的速度,节奏逐渐稀疏,最后"铿"的一声,离开瑟站起来,回答说:"我和他们3位所说的不同。"孔子说:"有什么关系呢!不过是各自谈谈自己的志向罢了。"曾点说:"暮春时节,天气转暖,已经穿上了春天的衣服。我邀集五六位成年人,六七个少年人,去沂河里洗洗澡,在舞雩台上吹吹风,一路唱着歌走回来。"孔子长叹一声说:"我赞成曾点的想法。"

"春服舞雩"就是从这个故事来的。舞雩:地名,在今山东省曲阜市,原是祭天求雨的地方。后来,人们用"春服舞雩"形容春光、春景。或用以比喻志向不俗。

发愤忘食

典出《论语·述而》:其为人也,发愤忘食,乐而忘忧,不知老之将至云尔。

有一天,楚国叶县的县尹沈诸梁去找孔子的学生子路,请他谈谈对孔子的看法。沈诸梁满怀希望而去，而子路却一语不答，他只好怏怏而回。过了几天，子路把这事如实地告诉了孔子。孔子听后很有点不高兴，埋怨子路道："你为什么不说，他在研究学问的时候，用功读书学习，连饭都忘了吃，等到他明白了一个道理的时候，就快乐得忘记了忧愁，不知衰老将要临头了！"子路面有愧色地说"老师，我当时糊涂，不知如何回答才好。现在我明白了，今后如有人再问老师的为人，我一定照老师的话回答。"孔子听后笑着说："好，好，好。"

后人用"发愤忘食"来形容学习努力，工作十分勤奋。

横槊赋诗

典出《旧唐书·杜甫传》：元和中，词人元稹论李、杜之优劣曰："……建安之后，天下之士遭罹兵战，曹氏父子鞍马间为文，往往横槊赋诗，故其遒壮抑扬、冤哀悲离之作，尤极于古。"

唐代天宝（742—756 年）末年的诗人中，杜甫与李白齐名，两人又是好朋友。时隔几十年以后，到了唐宪宗（李纯）元和（806—820 年）年间，诗人元稹（字微之，河南人，779—831 年）写了《唐故工部员外郎杜君墓系铭并序》，评价杜甫、李白两人诗作的成就与优劣。元稹历述自尧、舜以来，直至杜甫、李白的时代，各朝各代诗歌的发展与进步，其中谈到曹操父子的诗作。他写道："自从东汉献帝（刘协）建安（196—219 年）年间以来，天下的士人遭受战争的忧患，曹操父子在戎马倥偬中写诗作文，往往在行军途中，在马背上横着长矛吟诗，所以他们的诗词慷慨悲壮，充满了哀怨离愁，远远超过古人。"

"横槊赋诗"就是从这个故事来的。槊：古代兵器，一种长矛。"横槊赋诗"的意思是，行军途中在马背上横着长矛吟诗。人们多用它形容能文能武的豪放潇洒风度。

尽忠报国

典出《北史·颜之仪传》：公等备受朝恩，当尽忠报国。

《宋史·岳飞传》："初命何铸鞠之，飞裂裳以背示铸，有'尽忠报国'四大字，深入肤里。"

宋徽宗时，北方金人，屡次向宋侵略，那时宋朝政治腐化，国防空虚，无法抵御庞大的金兵，屡次战败，结果黄河以北的土地，全部被金兵占领去。徽宗和他的儿子钦宗，在东京汴梁被攻陷时，也被俘虏，解到北方，后来死在那里。这时徽宗第九子康王赵构从北方逃出来，渡过长江，跑到浙江临安（今杭州）去就位，算是延续了宋朝，历史上叫做南宋。但金兵得到中国北边大片土地，还贪心不足，想尽得中国土地，继续派大兵向宋进攻。

那时汤阴有一个英雄姓岳名飞，很有大志，武艺与兵略都出众，日夜忧虑国事。见当政人大都是昏庸无能，恣意玩乐，任情享受，争夺私利，不把国事放在心上，所以他时时在家里长吁短叹。岳飞的母亲，是一位很深明大义的贤母，见儿子忧虑国事，想为国家做一番大事，非常欢喜，时时鼓励他。有一日，她见儿子在书房叹息，对儿子说："你不要忘记报国，我给你在背上刺几个字吧！你愿意吗？"岳飞又忠又孝，听了母亲的话，马上把上衣脱下来，让母亲刺字。于是岳母在他背上刺了"尽忠报国"4个大字。

后人用"尽忠报国"形容志士竭尽忠心报效国家。

精卫填海

典出《山海经·北山经》：发鸠之山，其上多柘木，有鸟焉：其状如乌，文首，白喙，赤足，名曰"精卫"，其鸣自叫。是炎帝之少女，名曰女娃。女娃游于东海，溺而不返。故为精卫，常衔西山之木石，以堙于东海。

在古代，有一座发鸠山，山上长着许多柘树，树上有一种鸟。它的形状像是乌鸦，头上有花纹，白色的嘴，红色的脚，名字叫"精卫"。它叫起来，总是自己在呼唤自己的名字。它本是古代教人如何种植五谷的神农氏的女儿，名叫女娃。有一次，女娃在东海里游玩，不幸溺水而死，再也回不了家，因此就变成了精卫鸟。精卫每天不停地衔来山上的树枝和石块，填塞到东海里，决心要把淹死它的东海填平。

"精卫填海"就是从这个故事来的。"精心填海"比喻有深仇大恨，立志必报。或比喻不怕艰难险阻，勇于拼搏奋斗，不达目的，誓不罢休。有时也比喻徒劳无益。

夸父逐日

典出《山海经·海外北经》：夸父与日逐走，入日，渴欲得饮，饮于河渭，河渭不足，北饮大泽。未至，道渴而死。弃其杖，化为邓林。

上古时代，有一个神人名叫夸父，他有一个伟大的志向，想要追上太阳。那一天，太阳刚刚从地平线上露出半边脸，夸父便甩开两条长腿，由东向西奔走。一天内，他不吃不喝，只是拼命地追逐着日影，与它竞走。

到了下午，夸父追赶着太阳到了它将要落下的隅谷之处。但此时，夸父感到极其口渴，必须马上喝下大量的水。

于是，夸父跑到黄河边上去喝水。他一口气将黄河的水喝得精光，使黄河显出了河床。但他还是很渴，又跑去喝渭水，渭水也让他喝干了。然而，夸父仍然没有止住渴，胸间如有火焚烧，非常难受。

这时，他想起北方的雁门山下有一个大湖，纵横千里，极为宽阔。"那里水多，一定能让我止渴。"他又迈开步伐，向北而去。

但是，夸父实在渴得难受，似乎连路也走不动了。大湖又是那么遥远，一时难以赶到。夸父艰难地走了一阵，还没等赶到大湖，他便因过度饥渴而倒在地上死去了。

夸父倒地时，扔下了他的手杖。他死之后，手杖化作了一大片桃林，绵延数千里。

后人用这个典故形容志向虽大，但难以成功。亦比喻有雄心壮志的人，或不自量力的人。

揽辔澄清

典出《后汉书·范滂传》：时冀州饥荒，盗贼群起，乃以滂为清诏使，案察之。滂登车揽辔，慨然有澄清天下之志。

东汉时，有一个叫范滂的官吏，字孟博，汝南征羌（今河南郾城东南）人。他初为清诏使，迁光禄勋主事。后为汝南太守抑制豪强，并与太学生结交，反对宦官。

据《后汉书》记载，范滂是一位正直严明的官吏。桓帝时，冀州发生大灾荒，贪官污吏趁机搜刮，老百姓纷纷起来暴动。朝廷派范滂巡行冀州，举发不法贪官。范滂登车出发的时候，想到严重的天灾，恶劣的政局，感慨万分，立志扫除奸邪，澄清天下。冀州的那帮子贪官污吏听说范滂要来了，辞职的辞职，逃跑的逃跑。

揽辔澄清

后来，范又上书弹劾一些刺史、太守，但没有得到朝廷的支持。延熹九年（166年），范滂与李膺等同时被捕，次年释放还乡。后来，再度被捕，死在狱中。

根据范滂"登车揽辔，慨然有澄清天下之志"的记载，后人引申出"揽辔澄清"，原指走马上任，便有澄清天下的抱负。后指革除弊政，扭转衰乱局面的抱负。

老骥伏枥

典出东汉曹操：《步出夏门行·龟虽寿》：神龟虽寿，犹有竟时；螣蛇乘雾，终为土灰。老骥伏枥，志在千里；烈士暮年，壮心不已。

汉献帝建安十二年（207年），曹操北征乌桓（汉末辽东半岛上的少数民族），消灭逃到乌桓的袁绍残部。曹操这次远征乌桓，一路上战胜了缺粮、缺水及道路艰险等重重困难。军中缺粮，曾经忍痛杀掉数千匹战马充饥。行军途中遇到200里无水源，曹操发动战士凿地30丈取水。曹操在回师途中，经过渤海，登临碣石，不禁心潮澎湃，挥笔写下了《步出夏门行》的著名诗篇，抒发了自己的豪情壮志。在《龟虽寿》这首诗中，曹操写道："（古代传说）神龟虽然能活几千年，可是它还会死的；（古代传说）神蛇能乘云雾升天，可是它终于死了化为灰烬。千里马伏在马棚里，志在驰骋千里；壮志强烈的

老骥伏枥

人到了迟暮之年，其雄心壮志也不会消逝。"

"老骥伏枥"就是从这个故事来的。骥：千里马。枥：马槽。人们用"老骥伏枥"形容虽然年迈而壮志犹存。

廉颇善饭

典出《史记·廉颇蔺相如列传》：赵孝成王卒，子悼襄王立，使乐乘代廉颇。廉颇怒，攻乐乘，乐乘走。廉颇遂奔魏之大梁。其明年，赵乃以李牧为将而攻燕，拔武遂、方城。廉颇居梁久之，魏不能信用。赵以数困于秦兵，赵王思复得廉颇，廉颇亦思复用于赵。赵王使使者视廉颇尚可用否。廉颇之仇郭开多与使者金，令毁之。赵使者既见廉颇，廉颇为之一饭斗米，肉十斤，被甲上马，以示尚可用。赵使还报王曰："廉将军虽老，尚善饭，然与臣坐，顷之三遗矢矣。"赵王以为老，遂不召。

公元前244年，赵孝成王死了，他的儿子悼襄王即位，委派乐乘为将，取代廉颇。廉颇大怒，率兵攻打乐乘，乐乘逃避。廉颇逃奔到魏国的首都大梁（今河南省开封市）。第二年，赵国派李牧为将率兵攻打燕国，打下了武

廉颇善饭

遂、方城。廉颇在魏国居留了很长时间，魏国也不信用他。赵国数次被秦军所困扰，悼襄王希望能再次起用廉颇，廉颇也想再次为赵国效力。于是，赵王派使者赴魏，考察一下年迈的廉颇是否还可以任用。廉颇的仇人郭开送给使者很多金子，大加贿赂，叫他说廉颇的坏话。这个使者见到廉颇之后，廉颇为了表示健康，一顿饭吃了1斗米10斤肉，披着铠甲，纵身上马，以显示自己老当益壮，尚可任用。那个受贿的使者回来以后，对悼襄王说："廉将军虽然年迈，但饭量尚好。可是，同我坐着坐着，一会儿就拉了三回屎。"赵王觉得廉颇的确老而无用了，就没有召回来任用他。

"廉颇善饭"就是从这个故事来的。它的意思是说，大将廉颇虽然老了，但是饭量尚好。人们用"廉颇善饭"比喻人老当益壮，雄风不减当年。

"三遗矢"也是从这个故事来的。遗矢就是拉屎。"三遗矢"就顷刻之间多次拉屎。人们用"三遗矢"表示年迈力衰，不堪任用。

马革裹尸

典出《后汉书·马援传》：援曰："方今匈奴、乌桓尚扰北边，欲自请击之。男儿要当死于边野，以马革裹尸还葬耳，何能卧床上死在儿女子手中邪！"

冀曰："谅为烈士，当如此矣。"

马援，字文渊，东汉茂陵（今陕西）人。有一次打了胜仗回来，他的老朋友们都去慰劳他，去向他道贺。光武帝也给他优厚的赏赐。马援觉得他的功劳微薄，赏赐太厚了。以前的伏波将军路博德开辟南越，建立了7个郡，只有几百户的封地，如今自己的功劳还比不上他，却得了一县的俸禄，感到微薄的功劳，受不起这样厚的赏赐，所以想替国家再立些功劳。

恰巧此时匈奴、乌桓劫掠扶风的地方，马援向光武帝请缨，愿意去征伐。在出发前马援很慷慨地说："大丈夫当效死疆场，以马革裹着尸体回来，怎能卧在床上，被拘束在儿女手中呢！"

马革裹尸

后来人们用"马革裹尸"比喻愿意死在战场上，拿马革来包裹尸首，表示爱国的忠诚，豪迈的志气。

猛着祖鞭

典出《晋书·祖逖传》：（逖）与司空刘琨俱为司州主簿，情好绸缪，共被同寝。中夜闻荒鸡鸣，蹴琨觉曰："此非恶声也。"因起舞。

《晋书·刘琨传》：琨少负志气，有纵横之才……与范阳祖逖为友，闻逖被用，与亲故书曰："吾枕戈待旦，志枭逆虏，常恐祖生先吾着鞭。"

东晋时代，有两位很有名的爱国志士：一位姓祖名逖，字士雅，另一位姓刘名琨，字越石，他们两人都是志同道合的好朋友。当时中国的北部地方，被匈奴、鲜卑、氐、羌、羯等民族先后占据了，其中羯族的首领石勒，建立了后赵国，势力最为雄厚。祖逖和刘琨两人都是互相勉励，以打退异族的侵略和收复失地作为自己的志向。有一次，他们两人同睡一床，夜深了，祖逖听到鸡鸣的声音，使用脚尖儿轻轻地把刘琨踢醒，说道："你听，是时候了。"于是他们便起来练习舞剑，从不间断。当石勒攻陷了西晋的国都洛阳的时候，他们来到了南方。在渡江的时候，祖逖一面击着桨子，一面对着江水发誓，决心要恢复中原。后来刘琨在他寄给一个亲友的信里面说道："我枕着戈矛，等待天明，就是因为立定意志要把逆贼的头颅取过来，我常常恐怕这件事情会给祖生先我一步着鞭呢！"他说的祖生，指的就是祖逖。着鞭就是拿起鞭子抽动，叫马儿往前奔跑的意思。这两位英雄后来替国家立了很大的武功。只因为当时政府用人不当，没有机会给这两位志士尽量施展本领的空间，在历史上只留下了"闻鸡起舞""渡江击楫"和"祖鞭先着"等佳话给我们。

后人用"猛着祖鞭"比喻立下远大的志向。

磨杵作针

典出《潜确类书》："李白少读书，未成弃去，道逢老妪磨杵，白问其故，曰：'作针。'白感其言，遂卒业。"

唐代大诗人李白在少年时代一度不认真读书学习。有一次，该读的书还没有读完，他就出门玩耍了。路上，有一位老太婆正在吃力地磨着一根铁棒，李白见了，觉得很奇怪，便问道："您老人家为什么要磨这根铁棒呢？"老太婆说："我要把它磨成一根针。"李白被老太婆的话感动了，于是回到家里发愤读书，出色地完成了学业，终于取得了很大的成就。

"磨杵作针"就是从这个故事概括出来的。它用来比喻做事要有毅力，勤奋不辍就会取得成功。现在谚语中有"只要功夫深，铁杵磨成针"的说法，也是说明这种意思。

锲而不舍

典出《荀子·劝学》：锲而舍之，朽木不折；锲而不舍，金石可镂。《劝学》是《荀子》一书的开宗第一篇。在这篇文章中，荀况比较系统地阐述了他的教育思想。荀况认为，人的知识并非先天就有，而是通过后天的学习、教育和环境的影响而取得的。他用"青出于蓝而胜于蓝"的形象比喻，说明学无止境和后来居上的道理。他劝导人们在学习时要"锲而不舍"、"用心专一"。

荀况说：土堆积起来成了山，风雨便从这里发生（古代有山吐云纳雾的说法，并认为风雨是从山中形成的。荀况借此说明只要坚持不懈，专心致志，就能有所作为）；流水聚集多了便成为深渊，蛇龙就从这里产生了。不断地做好事而养成高尚的品德，那么自然就会达到高度的智慧，也就具备了圣人的精神境界。所以不从半步走起，就不可能到达千里远的地方；不聚集涓涓细流，就不可能汇集成大江大海。好马一跳，也不能行 10 步；劣马走 10 天能走很远的路程，其成功在于不放弃自己的努力。雕刻东西如果刻刻停停，就是一块朽木也刻不断；如果坚持雕刻而不停止，那么金石也可以雕出花纹。

后人用"锲而不舍"的这个典故比喻坚持不懈。

扫除天下

典出《后汉书·陈蕃传》：蕃年十五，尝闲处一室，而庭宇芜秽。父友同郡薛勤来候之，谓蕃曰："孺子何不洒扫以待宾客？"蕃曰："大丈夫处世，当扫除天下，安事一室乎！"勤知其有清世志，甚奇之。

东汉桓帝时期，有一个人叫陈蕃，字仲举，汝南平舆人，曾任乐安、豫章太守，又升迁为太尉、太傅，被封为高阳侯。为人刚直不阿，崇尚气节，有远大的志向。陈蕃15岁时，住在一间房子里，而庭院里长满了杂草，又很脏乱。有一次，父亲的朋友、同郡人薛勤来拜访，对陈蕃说："你这小孩子，为什么不把住处打扫干净，以便接待客人呢？"陈蕃回答说："大丈夫生在世上，应当扫除天下邪恶，怎么能只打扫一间屋子呢！"薛勤知道他有平治天下的远大志向，甚为惊奇。

"扫除天下"就是从这个故事来的。它的意思是扫除天下的邪恶，肃清世乱。人们用它形容有远大的抱负。

色衰爱弛

典出《韩非子·说难》：昔者弥子瑕有宠于卫君……及弥子色衰爱弛，得罪于君。

春秋时，卫灵公宠爱夫人弥子瑕。当时卫国的法令规定：偷窃君王马车的人要砍去双腿。一天，弥子瑕母亲得了病，有人在夜晚带信到宫中，弥子瑕心里非常着急，她想请求卫灵公借一辆马车回家看望母亲，可是卫灵公正在酣睡。情急之中，她假冒卫灵公的命令，叫人驾车奔回家中。第二天，卫灵公知道此事后，不仅不怪罪，反而赞叹地说："多么有孝道啊！弥子瑕为了母亲的病，竟然不顾砍掉双腿！"又过了几天，弥子瑕与灵公一起，携手在果园漫步。果园里种的是桃和李，这时正是桃红李熟的季节。弥子瑕来到树下，摘了一个又大又红的桃子，吃了一半，就将桃子递给卫灵公，要他尝尝。卫灵公拿着吃剩的半边桃子，感动地说："想不到你这么爱我，吃了一半，也忘不了给我另一半！"说完，卫灵公几口将桃子咽下，觉得真是如蜜似地甘甜。

后来弥子瑕年岁大了，不如从前那么美丽，卫灵公就不再宠爱她，并把她赶出宫门。临走时，卫灵公对她说："你曾经假冒我的命令偷驾马车回家，论罪应该砍掉双腿；你曾经将吃剩的桃子给我，那是无视君王，论罪应该杀头。现在我不杀你，你回去吧！"

弥子瑕想不到卫灵公这样对她，心里十分悲伤，痛哭着回到了家中。

后人用"色衰爱弛"形容女人年老后容貌不及年轻时，丈夫就逐渐对她厌恶起来。

舍我其谁

典出《孟子·公孙丑》：如欲平治天下，当今之世，舍我其谁也？

战国时，孟子门下聚集了许多学生，他们经常向孟子提出一些治理国家的问题，孟子呢，就认真地解答，将儒家的学说加以发挥。一天，当孟子开堂讲学后，一个学生问道："先生昨天讲人重要的是有'不忍人之心'，那是什么意思呢？"孟子轻轻地咳了一声，然后从容地说："所谓不忍人之心，就是不忍无故伤害别人的想法。从前的帝王，如周文王、周公等，有了这种思想，所以能建立一个统一的国家。如果现在的统治者都不愿伤害别人，而是爱护自己的百姓，那么，治理天下不就像运转一个小泥丸一样的容易了吗？为什么说人都有不忍人之心呢？举个例子来说，人们看见一个可爱的小孩子将要掉进一口深井里，心里都会产生一种恐惧同情的念头。一个人具备了同情心，就知道羞耻，就产生了智慧，这是一个人最基本的东西呀。如果将它发扬光大，就像刚刚点燃的烈火，缓缓流出的泉水一样，还能够逐渐扩大，那不就可以安定天下了吗？"学生听了都点头称赞先生讲得很好。

舍我其谁

后来当孟子离开时，一个学生在路边问他："先生，您好像有点不愉快！您不是说过君子不埋怨上天，不归罪于别人吗？"孟子一下笑了，说："过去是一个时代，现在又是一个时代。历史过500年就要产生一个英明的君王和圣贤，从周武王到现在，已经700多年，如果上天要产生一个圣贤，除了我以外，还有谁呢？"

含义及用法：此故事有四个典故：①恻隐之心：本指不忍伤害别人的念头，现指同情别人的不幸。②"怨天尤人"：即不顺心时就怨恨天命，责怪别人。③"此一时，彼一时"：过去与现在情况不同，不能相混。④"舍我其谁"：只有我才能担任某一工作或任务，形容态度狂妄或十分自信。

始终不渝

典出《晋书·谢安传》："安虽居朝寄，然东山之志，始末不渝，每形于言色。"

谢安，是东晋时的一位政治家。他年轻时，曾涉入官场，但目睹官场的种种丑恶现实，便隐居在会稽郡上虞县附近的东山，游山玩水，不问朝政。到了 40 多岁时，他东山再起，又入朝做官，孝武帝时位至宰相。当时，前秦强盛，攻破梁、益、樊、邓等地（今陕西、四川、鄂西北），谢安任其弟谢石和侄子谢玄为将领，加强防御。太元八年（383 年），前秦军南下，江东大震。谢安又使谢石、谢玄等力拒，获得淝水之战的胜利，并以都督十五州军事率军收复洛阳及青、兖、徐、豫各州。

淝水之战胜利以后，东晋统治集团内部互相倾轧，彼此你争我夺，会稽王司马道子执政，排挤谢氏。面对这种情况，谢安更觉仕途险恶，所以虽在朝廷任职，但退隐东山之志始终没有改变，而且常常在言行上表现出来。385 年，谢安从广陵回京，不久病死，时年 65 岁。

"始终不渝"即自始至终都不改变。人们常用来形容意志坚定。

四方之志

典出《左传》僖公二十三年：（姜氏）谓公子（重耳）曰："子有四方之志，其闻之者，吾杀之矣。"公子曰："无之。"姜曰："行矣，怀与安，实败名。"

春秋时，晋公子重耳逃亡到齐国，齐桓公很优待他，给他吃好的、住好的、还给他娶了妻子，即姜氏。这时的重耳，仅驾车的马就有 80 多匹，他生活过得很舒服，就不再作远大的打算了。可是重耳的随从人员却不满意他如此没有志气。有一天，他们偷偷来到桑园里商议用什么方法使重耳离开齐国。不料姜氏的一个女仆正在采桑叶，偷听了他们的话，赶紧报告给姜氏。姜氏听了，当即把女仆杀死，然后对重耳说："你有远行四方的大志，偷听到消息的女仆，我已经杀掉了。"

当时重耳很惊讶，他说："我并没有打算离开你，也没有打算离开齐国啊！”姜氏说：“你应该去游说各国，在各国的帮助下回到晋。须知贪图安逸，生活圈子狭小是会害你的。”但是重耳还是不听她的劝告。姜氏就和狐偃（重耳的舅舅，随同重耳一起出逃的人之一）想出了一个计策，用酒把重耳灌醉，趁他昏睡时，抬上车子，立刻离开齐国。等他酒醒来，早已赶了好多路程了。

后人用“四方之志”或“志在四方”比喻一个人有远大的理想。

苏武牧羊

汉武帝几次派兵远征匈奴，取得辉煌的胜利，使匈奴不得不遣使求和。武帝也不愿再度发动战争，所以派中郎将苏武为正使、副中郎将张胜为副使，带了许多礼物出使匈奴，双方修好。

出发前，汉武帝亲手把“使节”交给苏武。“使节”是一根七八尺长的竹竿，顶部垂下一条皮带，带上饰有一团团的毛绒球，是使者代表皇帝的标志。

苏武到了匈奴，一切都很顺利。谁知正准备回国时，使团中有人背着苏武与张胜商议，要刺杀一个已经当了匈奴大官的汉朝叛徒。事情暴露后，匈奴把苏武扣留了。匈奴准备审讯苏武，苏武说：“我是皇帝的代表，审我等于审皇上，这种耻辱不能忍受！”于是拔出剑自刎。谁知抢救及时，苏武没有死成。

匈奴单于很钦佩苏武的忠贞，希望他能投降自己，为自己服务。于是早晚派人问候，送汤送药，企图软化苏武。然而苏武毫不为其所动。软的不行，单于又来硬的，把苏武放在一个贮藏毛毡的地窖里，不给饮食。但他还是不屈服，蜷卧在地窖里，渴了就吃积雪，饿了就嚼毡毛，硬是坚持了许多天没有死。对这样的人，单于也没办法，但又不甘心，就命人把他押到北海（今贝加尔湖）边上去放羊。

北海边上，终年白雪漫天，荒无人烟，苏武住在那里一住就是19年。使节上的绒毛都脱落了，可他还是时刻握在手中，连睡觉都从不离身。看着它，他似乎看到了皇上，贴着它，他似乎靠近了故乡。

汉武帝死后，汉昭帝即位，又派使者前往匈奴修好。使者要求匈奴放回苏武，匈奴方面假称他已经死了。后来使者打听到苏武的确切消息后对匈奴单于说："我们皇上在上林苑打猎，射下一只从北海飞来的大雁，在大雁的脚上系着一封帛书，正是苏武写给皇上的信，信上说他在北海放羊，你们怎么说他死了呢？"单于这才不得不派人把苏武找回，由新来的使臣接回汉朝。

苏武出使匈奴时，是个40出头儿的壮年的汉子，回来时已是年过花甲、须毛皆白的老人了。他终于把那根已经秃了的"使节"送到汉武帝的灵前，完成了自己的使命。

苏武牧羊的故事反映了苏武高尚的节操。

陶侃运甓

典出《晋书·陶侃传》：侃在州无事，辄朝运百甓于斋外，暮运于斋内。人问其故，答曰："吾方致力中原，过尔优逸，恐不堪事。"其励志勤力，皆此类也。

陶侃在任广州刺史时，闲暇之际，就在早晨把100块砖运到室外，晚上再把这些砖运回室内。别人问他为什么要这样做？陶侃回答道："我将致力于恢复中原，为国家效力。如果过于优越安逸，恐怕担当不了重大的责任。"他砥砺志气，勤于政务，还有许多此类的事例。

"陶侃运甓"就是从这个故事来的。甓：砖。人们用"陶侃运甓"表示刻苦自勉，锻炼身心，

陶侃运甓

立志建功立业。

痛饮黄龙

典出《宋史·岳飞传》：……皆期日兴兵，与官军会。其所揭旗以"岳"为号，父老百姓争挽车牵牛，载糇粮以馈义军，顶盆焚香迎候者，充满道路。自燕以南，金号令不行，兀术欲签军以抗飞，河北无一人从者。乃叹曰："自我起北方以来，未有如今日之挫衄。"金帅乌陵思谋素号桀黠，亦不能制其下，但谕之曰："毋轻动，俟岳家军来即降。"金统制王镇，统领崔庆，将官李觐、崔虎、华旺等皆率所部降，以至禁卫龙虎大王下佥查千户高勇之属，皆密受飞旗榜，自北方来降。金将军韩常欲以五万众内附。飞大喜，语其下曰："直抵黄龙府，与诸君痛饮尔！"

1129—1130年，金兀术率领金兵大举南下，想一举消灭南宋政权。抗金将领岳飞（1103—1142年）率军屡次挫败金兵，取得很大胜利。

岳飞在多次大败金兀术以后，又派人与黄河、淮河一带的起义军联络，让他们与南宋官军会师。各路起义军纷纷响应，打起了"岳"字号的大旗，父老百姓争着拉车牵牛，载着粮食送给义军，顶盆焚香在道路两旁迎接。金兀术在燕山以南的占领区内，发出的号令已经失效，金兀术打算征兵抵抗岳飞，可是在河北一带无一人应征。金兀术叹息说："自我南下以来，从未遭到过这样的挫折。"金兀术手下的一个大帅叫乌陵思谋，向来很聪明能干，可是也管不住队伍了，他对部下说："不要轻举妄动，等岳家军到来时，我们立即投降。"金兵统制王镇，统领崔庆，将官李觐、崔虎、华旺等都率领所辖部队投降，龙虎大王突合速帐下的心腹禁卫，像查千户、高勇之等人，都秘密接受了岳飞的旗帜，从北方赶来投降。金兵将军韩常还打算以5万兵为内应，响应岳飞。岳飞大喜，激励将士们说："我要一直打到金国的首都黄龙府，与诸君痛饮一番！"

"痛饮黄龙"就是从这个故事来的。黄龙：府名，治所在今吉林农安县（一说在辽宁开原市境），金国的首都。人们用"痛饮黄龙"表示坚决消灭敌人的豪情壮志。

闻鸡起舞

典出《晋书·祖逖传》：（逖）与司空刘琨俱为司州主簿，情好绸缪，共被同寝。中夜闻荒鸡鸣，蹴琨觉曰："此非恶声也。"因起舞。

晋朝时候，有位轻财好侠，豁达而有大志的青年，名叫祖逖（字士雅，长阳人），他经常送食物和衣服等救济贫苦的人，所以村里的人，都非常地尊敬与看重他。当时，他有一个极好的朋友名刘琨，也是生性豪迈、胸襟开阔的人，两人平时同住一室，互相砥砺，研究学问，检讨事业上的得失，都想有机会为国家效劳。

一天凌晨，大地一片凄清沉静，突然响起了一阵嘹亮的鸡啼，祖逖为之惊醒，就把同被而卧的刘琨轻轻踢醒："你听，鸡啼声多清脆悦耳，它引吭高歌，不是要唤醒有为的青年发愤图强吗？"

"是呀！我们不能贪睡了！"刘琨也跟着披衣下床。

两人踱到院中，感到阵阵的寒意，战栗得安不下心来读书："我们何不来舞剑呢，舞剑既可锻炼

闻鸡起舞

身体，又可借以取暖！"祖逖这样提议着，于是刘琨也立刻同意，便从卧室里取出剑来，两个人就在曙光将露前挥舞起来，越舞越有精神，越舞越有气力，直到东方既白为止。

后来祖逖被晋元帝赏识，奉命做豫州（今属河南省）的刺史，他慷慨以澄清中原、北伐叛逆为己任。率领精心训练的部队，渡江北去，船到了中流，他击着楫（俗名桨）发誓说："祖逖如果不能肃清中原，便如大江东流一样一去不返！"他慷慨激昂的陈词，感动了官兵，他们作战时个个勇往直前，奋发争先，终于打败了石勒，把黄河以南的失土收复回来。

"闻鸡起舞"表示志士勤力奋发，准备为国效力。

毋忘在莒

典出《吕氏春秋·直谏》：齐桓公、管仲、鲍叔、宁戚相与饮，酒酣，桓公谓鲍叔曰："何不起为寿？"鲍叔奉杯而进，曰："使公毋忘出奔在莒也，使管仲毋忘束缚而在于鲁也，使宁戚毋忘其饭牛而居于车下。"桓公避席再拜，曰："寡人与大夫皆毋忘夫子之言，则齐国之社稷幸于不殆矣。"

春秋时，齐襄公无道，当时身为公子的齐桓公曾逃到莒国避难。襄公被杀，他才回国就位。有一次，齐桓公、管仲、鲍叔、宁戚等一道饮宴。酒酣之际，桓公对鲍叔说："你怎么不起来敬酒祝寿呢？"鲍叔举起酒杯道："愿您不要忘记出奔在莒的日子！"

后人于是用"毋忘在莒"比喻永不忘本的意思。

心坚石穿

典出《野客丛书》二八："世言心坚石也穿。"

从前有个姓傅的青年，一心想寻求成仙的途径，于是抛弃了财产，别离了亲人，独自跑到焦山、找了个石洞住起来，苦苦地念道教的经书，想悟出成仙的道理。一住7年，人已进入中年了，志向更加坚定。有个神叫太极老君被他感动了，就跑来考验他：变化作猛兽来咆哮，

心坚石穿

他不怕；变化作美女来引诱，他不动心；拿了许多金银财宝来，他看也不看。太极老君认为傅某是个可以造就的"仙才"，于是给他一个石盘和一把木钻，对他说："你几时能钻穿这石盘，你就可以成仙了。"傅某从此便一心钻石盘，早也钻，晚也钻；木钻逐渐快钻完了。45年过去了，傅某成了个白发满头的老翁，力气也越来越强了。最后，那石盘突然穿了，从里面掉出来一粒仙丹，傅某大喜，立刻吞服下去，只觉精力突然充满全身，这时几朵祥云落下来，天上响起乐声，他在音乐声中飞向天宫，成了神仙。

后人用"心坚石穿"这个典故比喻只要有恒心，意志坚定，那么再大的困难也能克服。

先我着鞭

典出《晋书·刘琨传》：刘琨与亲旧书曰："吾枕戈待旦，志枭逆虏，常恐祖生先吾著鞭耳。"

东晋名将刘琨，字越石，中山魏昌（今河北无极）人。他文武双全，既是武将，又是诗人，从小就胸怀纵横天下、杀敌立功的壮志。他交朋友也要选择比自己强的人，好勉励自己进步。刘琨与祖逖（也是东晋名将）是好朋友，

先我着鞭

年轻时同在一起任职，又同在一起练武。

后来，祖逖杀敌立了功，受到朝廷重用。刘琨既替祖逖高兴，自己心里又很着急。他写信给亲友说："我时时刻刻鞭策自己奋进，常常头枕着兵器等待天亮，立志要消灭敌人，建功立业，还时时担心祖逖走在前面而自己落了后。"

刘琨后来也得到重用，官至大将军、司空，长期忠心耿耿为国作战。他有勇有谋，很会使用攻心战术。有一回，他被胡兵（胡：中国古代对北方和西方各少数民族的泛称）重重包围在晋阳城，陷入了极端困难的境地。一夜，月色朦胧，刘琨登上城楼，发出清越而有感染力的呼啸之声，胡兵听了，心中感到悲伤。半夜，他又吹奏起胡笳（一种西域乐器），引起胡兵叹息流泪，怀念起故乡。第二天晚上，刘琨再次吹起胡笳，胡兵们纷纷离开晋阳，放弃了围城。

后人用"先我着鞭"比喻别人已经超过自己，必须奋起直追。又用"枕戈待旦"形容警惕性很高，丝毫不松懈。

衣带中赞

典出《宋史·文天祥传》：（忽必烈）召入谕曰："汝何愿？"天祥对曰："天祥受宋恩，为宰相，安事二姓？愿赐之一死足矣。"然犹不忍，遽麾之退。

言者力赞从天祥之请，从之。俄有诏使止之，天祥死矣。天祥临刑殊从容，谓吏卒曰："吾事毕矣。"南向拜而死。数日，其妻欧阳氏收其尸，面如生，年四十七。其衣带中有赞曰："孔曰成仁，孟曰取义，惟其义尽，所以仁至。读圣贤书，所学何事，而今而后，庶几无愧。"

南宋大臣文天祥是历史上著名的爱国者。自从元军南下后，文天祥在艰难困苦的环境中率军抵抗，坚强不屈。1279 年，元军攻下南宋朝廷的最后根据地崖山，南宋灭亡。这一年的 10 月，元军将领张弘范派人把文天祥押解到大都（今北京）。元朝统治者想利用文天祥来笼络人心，以巩固自己的统治地位，于是答应给他高官做，劝他投降，都被他严词拒绝。元朝统治者看到劝说无用，就给他上刑具，关在一间又潮湿又阴暗的监牢里，一关就是 3 年。可是，任何苦难和折磨，都动摇不了他的报国之心。在狱期间，他写了《正气歌》等光辉的诗篇，表现了崇高的民族气节和视死如归的英雄气概。

元朝统治者看到文天祥不肯投降，还是不死心。最后，元朝皇帝忽必烈决定亲自召见，进行劝降。

忽必烈召见文天祥，问道："你有什么愿望呢？"文天祥回答说："天祥身受大宋恩德，荣任宰相，我怎能再事奉第二个主人？我的愿望很简单，让我安心死掉，就心满意足了。"然而，忽必烈不忍心把他处死，挥挥手，叫文天祥赶快退下。忽必烈身边的大臣极力主张答应文天祥的请求，把他处死，忽必烈答应了。不久，忽必烈又下诏不让处死文天祥，可惜文天祥已经被处死了。临刑前，文天祥态度十分从容，对吏卒说："我的事已经办完，你们可以动手了。"他朝南跪下，向南方的祖国故土拜了几拜，即从容就义了。几天后，文天祥的妻子欧阳氏前来收尸，只见文天祥面色如生，当时年仅 47 岁。他的衣带上，写着这样几句话："孔子说杀身成仁，孟子说舍生取义。只有义尽，才能仁至。读了古代圣贤的书，做什么用呢？从今以后，我觉得没有什么可以惭愧的了。"

"衣带中赞"就是从这个故事来的。赞：文体。"衣带中赞"是指南宋末年文天祥死时衣带中所放置的赞辞。后来，人们用"衣带中赞"表示尽忠报国的遗书等。

愚公移山

典出《列子·汤问》：

传说很早以前，在冀州以南、河阳以北有两座大山，一座是太行山，一座王屋山，山高万丈，方圆有 700 里。

在山的北面，住着一位叫做愚公的老汉，年纪快 90 岁了。他家的大门，正对着这两座大山，出门办事得绕着走，很不方便。愚公很恼火，下定决心把这两座大山挖掉。

有一天，他召集了全家老小，对他们说："这两座大山，挡住了我们的出路，咱们大家一起努力，把它挖掉，开出一条直通豫州的大道，你们看好不好？"

大家都很赞同，只有他的妻子提出了疑问，她说："像太行、王屋这么高大的山，挖出来的那些石头、泥土往哪里送呢？"

大家说："这好办，把泥土、石块扔到渤海边上就行了！再多也不愁没地方堆。"

第二天天刚亮，愚公就带领全家老小开始挖山。

他的邻居是个寡妇，她有一个七八岁的小儿子，也跑来帮忙。

大家干得很起劲，一年四季很少回家休息。

黄河边上住着一个老汉，这人很精明，人们管他叫智叟。他看到愚公他们一年到头，辛辛苦苦地挖山运土不止，觉得很可笑，就去劝告愚公：

"你这个人可真傻，这么大岁数了，还能活几天？用尽你的力气，也拔不了山上的几根草，怎么能搬动这么大的山？"

愚公深深地叹口气说："我看你这人自以为聪明，其实是顽固得不开窍，还不如寡妇小孩呢！不错，我是老了，活不几年了。可是，我死了还有儿子，儿子又生孙子，孙子又生儿子，子子孙孙，世世代代，一直传下去，是无穷无尽的。可是这两座山却不会再长高了，我们为什么不能把它们挖平呢！"

听了这话，那个自以为聪明的智叟，再也无话可说。

手中握着蛇的山神知道了这件事，害怕老愚公挖山不止，就报告了上帝。老愚公的精神把上帝感动了，它就派两个大力神下凡，把两座大山背走，一座放到朔水东边，一座放到雍州南边。从此以后，冀州和汉水的南面，就没有高山阻挡了。

现在常用"愚公移山"这个成语比喻做事有顽强的毅力，不怕困难。

支公好鹤

典出《世说新语·言语第二》：支公好鹤，住剡东峁山。有人遗其双鹤，少时翅长欲飞。支意惜之，乃铩其翮。

鹤轩翥，不复能飞，乃反顾翅，垂头视之，如有懊丧意。

支公："既有陵霄之姿，何肯为人作耳目近玩？"

养令翮成，置使飞去。

支公爱好养仙鹤，住在剡溪东峁山上。有人送给他一对仙鹤，没隔多时翅膀长大了想要飞走。支公意甚怜惜，便剪短了它们的翅膀。

仙鹤想要飞走，但已不能再起飞了，便回顾翅膀，垂头察看，好像有懊丧的意思。

支公说："既然有直上云霄的雄姿，哪里愿给人们当做耳目之间的近身玩物呢？"

便给它们喂养好了翅膀，把它们放走飞去了。

这个典故的主旨，在于说明铩翮养翮，系铃解铃。支公终不失为"风期高亮"，非焚琴煮鹤者所可企及。陶渊明《杂诗》："猛志逸四海，骞翮思远翥。"诗是自述少壮时的豪兴；当双鹤不复能飞，垂头反顾之时，那是多么扫兴煞风景啊！真好鹤者，当然也能"置使飞去"。安得凌霄姿，任使作近玩？戕贼天性，禁锢自由，哪还称得起什么"高逸"呢？

中流砥柱

典出《晏子春秋·内篇谏下·景公养勇士三人无君臣之义晏子谏第二十四》：吾尝从君济于河，鼋衔左骖，以入砥柱之中流。又见北魏人郦道元《水经注·河水》："河水分流，包山而过，山见水中，若柱然，故曰砥柱也"。

中流，指江河的主航道；砥柱：山名，在河南三门峡市东黄河中。据《晏子春秋》载：春秋时，齐景公养了3个勇士，一个叫公孙接，一个叫田开疆，一个叫古冶子。这3个人有勇无谋，对君臣都没有什么礼节礼貌。对此，晏子很反感，劝景公除掉这3个人。景公说，这3个人勇力过人，恐怕不能力取。于是晏子想了一个办法，他让景公赐了两个桃子，叫这3人论功吃桃，想以此让他们争斗起来，互相残杀。公孙接说：我曾接连打死过两只野兽，论功可以吃桃；田开疆说：我曾一再打败过敌人，论功可以吃桃；古冶子说：有一次，我随国君外出，过河时，一只老鼋衔着驾车的马跑到黄河中流的砥柱山附近去了，我当时不能游水，而在水底下逆流百步，顺流九里，奋力杀鼋救出了马匹。论功我可以吃桃。……

后人用"中流砥柱"或"砥柱中流"这个典故比喻在动荡艰难的环境中屹立不动，能起支撑作用的力量。

众志成城

典出《国语·周语下》：故谚曰："众心成城，众口铄金"。

周朝景王二十一年时，景王忽然要改革币制，铸行大钱而废止当时通行的小钱，使老百姓受到很大的损失。到二十三年时，周景王又要搜集民间的存铜来铸大钟，第二年大钟铸成了，景王命人敲击那巨钟，觉得那钟发出的声音很谐和，便对乐官洲鸠说："你听，这钟声倒是很好听呢。"

洲鸠是一个很了解百姓疾苦的人，对景王的所作所为，早感厌恶。现在景王和他说起钟声的事，不禁气往上冲，便愤愤地答道："这说不上是谐和的声音！大王铸的钟，那声音老百姓听了要欢喜，那才算得是谐和；在这三年中，你铸出了两种害人的金属品（大钱和大钟），弄得民穷财尽，人人怨恨，我真不知什么叫做'谐和'？俗语说：'众心成城，众口铄金'。

百姓们拥护的事情，没有不成功的，它会像城堡一样牢固；而百姓们大家唾骂的事情，没有不失败的，即使它坚如金铁，也要熔化！"

洲鸠所引的两句古谚，后来都被引用为成语。"众心成城"，后来都用"众志成城"，用来比喻众人齐心合一，做事一定能够成功；或形容同心协力，团结一致，力量无比强大。

自暴自弃

典出《孟子·离娄上》：孟子曰："自暴者，不可与有言也；自弃者，不可与有为也。言非礼义，谓之自暴也；吾身不能居仁由义，谓之自弃也。仁，人之安宅也；义，人之正路也。旷安宅而弗居，舍正路而不由，哀哉！"

战国时期，孟子曾经说过"自己糟蹋自己的人，不能和他谈什么有意义的话；自己抛弃自己的人，不要和他一块干什么事。出口就有损于礼义，这就叫自己糟蹋自己；自己不能树立仁的理想，不服从义的规范，这就叫自己抛弃自己。仁，是最安适的庇护所；义，是最光明的大道。空着庇护所不进去躲避灾难，放弃光明大道不走，这是很可悲的！"

"自暴自弃"就是从这里来的。暴：损害，糟蹋。"自暴自弃"的意思是，自己糟蹋自己，自己瞧不起自己。人们用它形容自甘堕落，不求上进。

哀毁骨立

典出《梁书·简文帝纪》：在穆贵嫔忧，哀毁骨立，昼夜号泣不绝声，所坐之席，沾湿尽烂。

南朝时期，梁简文帝萧纲（503—551年）字世缵，小字六通，是梁武帝萧衍（464—549年）的第三个儿子。他的母亲姓丁，名光，14岁时嫁给萧衍，于梁武帝（萧衍）天监二年（503年）十月生下萧纲。她性情宽厚，具有贤德，不好服饰，甚得宫内上下欢心。教子有方，经常指点萧纲读书。梁武帝（萧衍）普通七年（526年）十一月，丁光死去，年仅42岁。萧纲即位后，追尊她为穆太后。

萧纲对父母很孝顺。母亲穆贵嫔死后，萧纲在守丧期间，由于过度悲伤，损伤了身体，消瘦得只剩下一副骨头支撑着，昼夜啼号，哀声不绝，身下的座席尽被泪水浸透，时间一长，都沤烂了。

"哀毁骨立"就是从这个故事来的。哀毁：由于过度悲哀而损伤了身体。骨立：消瘦得只剩下一副骨头支撑着。人们用"哀毁骨立"形容因亲人死亡而过度悲哀，身体瘦到了极点。多用它形容孝顺。

柏舟之节

典出《诗经·鄘风·柏舟》：泛彼柏舟，在彼中河。髧彼两髦，实维我仪。之死矢靡它！母也，天只！不谅人只！

泛彼柏舟，在彼河侧。髧彼两髦，实维我特。之死矢靡慝！母也，天只！不谅人只！"

春秋时期，卫国的共伯死了，妻子共姜十分悲痛。父母逼迫她改嫁，共姜坚决不从，写了《柏舟》一诗表示拒绝。这首诗写道：摇着柏木造的船，在河中泛游。那个小伙子青发下垂、中分，向两边梳成双髻，堪做我的配偶。可是，我至死不会改变主张，叫声娘呀叫声天，为什么对我不体谅！"摇着柏木造的船，在河边泛舟。那个小伙子青发下垂、中分，向两边梳成双髻，堪做我的对象。可是，我至死不会改变主张，叫声娘呀叫声天，为什么对我不体谅！"

"柏舟之节"就是从这个故事来的。"柏舟之节"也作"柏舟之誓"，人们用它表示妻子在丈夫死后誓不改嫁。

"柏舟之痛"也是从这个故事来的。人们用它表示妻子失去丈夫的悲痛。

班姬团扇

典出《汉书·外戚传》：昔汉成帝班婕妤失宠，供养于长信宫，乃作赋自伤，并为怨诗一首："新制齐纨素，鲜洁如霜雪，裁成合欢扇；团圆似明月，出入君怀袖，动摇微风发，常恐秋节至，凉风夺炎热，弃捐箧笥中，恩情中道绝。"

西汉时期，有一个姓班的女子，容貌美丽，多才多艺，擅长写诗作文。汉成帝刘骜即位时，她被选入宫中，备受皇帝宠爱，封为婕妤（汉代宫中女官名）。

后来，汉成帝宠爱著名美人赵飞燕，班婕妤被冷落一旁，连许皇后也失了宠。赵飞燕为了巩固自己的专宠地位，就在皇帝面前进谗言，诬告许皇后和班婕妤在后宫暗行巫术，诅咒皇帝。皇帝一怒之下，将许皇后废掉。班婕妤再三申辩自己无罪，皇帝便没有处罚她。但班婕妤想到赵飞燕飞扬跋扈，日子长了定会遭到她暗算，恐怕连性命也难保。于是她请求去长信宫侍奉太后，离开了皇帝身边。

班婕妤去了长信宫后，回想当日在皇帝身边时的繁华热闹，对比眼前的寂寞凄清，心中愤愤不平。她写了一首《怨歌行》，抒发胸中的怨恨。诗中写道："裁开白如霜雪的丝绸，做成圆如明月的团扇。出入于君王的怀中袖里，摇动时微风轻轻袭来。然而常常担忧秋节到来，清凉的秋风将炎夏驱赶。团扇便被弃于箱笼之中，从此与主人情绝恩断。"

后人用"班姬团扇"的典故形容失宠遭受冷遇，也用以表现孤寂冷落、凄婉哀怨的情感。也可用"团扇"或"班女扇"代指明月。

班姬团扇

悲不自胜

典出《周书·庾信传》：信年始二毛，即逢丧乱，藐是流离，至于暮齿。《燕歌》远别，悲不自胜……

庾信（513—581 年）是南北朝时期的重要作家，字子山，南阳新野（今河南省新野县）人。他生活的时代，正处于战争频繁、政局动荡之际。6 世纪 30 年代，统治中国北部的北魏（396—534 年）封建王朝瓦解，在北方形

悲不自胜

成东魏（534—550 年）和西魏（535—556 年）两个封建割据政权，与割据江、淮以南的梁（502—557 年）政权三分鼎立。后来，东魏改称齐，西魏改称周，即北周。庾信 15 岁就在梁宫廷做昭明太子的侍从官。后来梁都江陵被西魏攻陷，梁王朝名存实亡，庾信在魏、周两朝都做起官来。

当西魏的将领常山公于谨等率兵攻陷江陵后，庾信的母亲、妻子也被俘到了长安。江陵沦陷的悲惨情形，使他难以忘怀。晚年，他在北周当官时，追忆往事，写成了有名的《哀江南赋》，凭吊故国，哀怜故乡父老的不幸遭遇，抒发自己的悲愤之感。他在《哀江南赋》中写道："我庾信头发花白，刚刚步入半老之年，就遭到了丧乱之苦，以此孤弱之身，四处颠沛流离，现在已到了晚年。江陵沦落前，友人王褒写了一篇《燕歌行》，描写北方苦寒情状，我也有和作，从此天各一方，令人极度悲伤。"

"悲不自胜"就是从这个故事来的。胜：禁受得住。"悲不自胜"的意思是，悲伤得自己承受不了。人们用"悲不自胜"形容极度悲伤。

悲心更微

典出《列子·周穆王》：燕人生于燕，长于楚，及老而还本国。

过晋国，同行者诳之，指城曰："此燕国之城。"其人愀然变容。指社曰："此

悲心更微

中华成语故事

若里之社。"乃喟然而叹。指舍曰："此若先人之庐。"乃涓然而泣。指垄曰："此若先人之冢。"其人哭不自禁。同行者哑然大笑，曰："予昔绐若，此晋国耳！"其人大惭。

及至燕，真见燕国之城社，真见先人之庐冢，悲心更微。

有一个燕国人生在燕地，长在楚地，到老才回本国去。

路过晋国，同行的人骗他，指着城说："这就是燕国的城。"他顿时脸色凄然。指着土地庙说："这就是你村里的土地庙。"他不禁唏嘘叹息。又指着一幢房子说："这是你先人的房屋。"他于是流泪啜泣。指着一个坟墓说："这是你先人的坟墓。"他再也无法抑制，放声大哭起来。同行的人哈哈大笑，说："我刚才是骗你，这是晋国呀！"那人感到羞惭万分。

当他回到了燕国，真正见了燕国的城郭社庙，见了先人的房舍、坟墓，他的悲痛感情反而更淡薄了。

后人用"悲心更微"比喻引起人们感情强烈反应的事物，第一次出现给人的刺激是最深的，若重复出现，感情反而会淡薄下来。

不寒而栗

典出《史记·酷吏列传》：是日皆报杀四百余人。其后郡中不寒而栗，猾民佐吏为治。

汉朝汉武帝时期，有一个执法严酷的官吏，名叫义纵。少年时代，他就干些打家劫舍的勾当，行为极其不端。他有一个姐姐医术高明，得到皇太后的宠幸，义纵沾了姐姐的光，居然当了官。义纵当定襄太守的时候，下令把押在狱中的200多犯人和私入监狱探望囚犯的200多人一律定为死罪，全部加以杀害。

这一天，义纵把400多人统统杀掉了。消息传开以后，定襄地区人人胆战心惊，恐惧极了。那些刁民和官府的爪牙、狗腿子之流也变得规规矩矩了。

"不寒而栗"就是从文中"其后郡中不寒而栗"一语而来的。它的本来意思是，不寒冷而发抖。后来，人们转意用它形容恐惧到了极点。

不见之怨

典出《宋史·范纯仁传》：召还，神宗问陕西城郭、甲兵、粮储如何，对曰："城郭粗全，甲兵粗修，粮储粗备。"神宗愕然曰："卿之才朕所倚信，何为皆言粗？"对曰："粗者未精之辞，如是足矣。愿陛下且无留意边功，若边臣观望，将为他日意外之患。"拜兵部员外郎，兼起居舍人、同知谏院。奏言："王安石变祖宗法度，掊克财利，民心不亏。《书》曰：'怨岂在明，不见是图。'愿陛下图不见之怨。"神宗曰："何谓不见之怨？"对曰："杜牧所谓'天下之人，不敢言而敢怒'是也。"神宗嘉纳之。

范纯仁（1027—1101年），字尧夫，是范仲淹的第二个儿子。宋仁宗（赵祯）皇祐元年（1049年），考取进士，曾任京西、陕西转运副使。

有一次，范纯仁应召回京，神宗向他询问陕西路一带城邑、兵器、粮食贮存的情况。范纯仁回答道："城邑粗略建成，兵器粗略修好，粮食粗略贮存完。"神宗感到很惊奇，说："我很倚重和信任你的才干，可是你为什么谈起这些重要事情时，都说'粗略''粗略'的呢？"范纯仁回答道："所谓粗略，就是不够精细的意思，能够做到粗略完成，也就不错了。希望陛下千万不要追求在边境一带打仗立功，如果边境的义臣武将心存怨气，采取观望的态度，他日将成为意料不到的祸患。"范纯仁被拜为兵部员外郎，兼起居舍人、同知谏院。他又上书奏道："王安石改变祖宗立下的法度，以苛税搜刮民财，弄得民怨沸腾，人心不宁。《书》说：'怨恨不见得都表现出来，要消除那种埋藏在人们心底、表面看不见的怨恨。'希望陛下一定要消除没有表现出来的怨恨。"神宗还没有听明白，问道："什么是没有表现出来的怨恨呢？"范纯仁进一步解释说："唐代人杜牧（803—852年）说过：'天下之人，不敢言而敢怒。'我说的不见之怨，就是这个意思。"神宗对他表示赞许，采纳了他的意见。

"不见之怨"就是从这个故事来的。人们用它形容埋藏在心底的怨恨。

长歌当哭

典出清黄宗羲《亡儿阿寿圹志》：儿卒于乙未之除夕，长歌当哭，遂以哭儿者为之铭。

典出《红楼梦》："妹生辰不偶，家运多艰，姊妹伶仃，萱亲衰迈。……感怀触绪，聊赋四章，匪曰无故呻吟，亦长歌当哭之意耳……"

宝玉与黛玉正在论琴。黛玉说："高山流水，得遇知音……古人说'知音难遇'。若无知音，宁可独对着那清风明月，苍松怪石，野猿老鹤，抚弄一番，以寄兴趣，方为不负这琴……"当他们边谈边往外走时，只见秋纹带着小丫头捧着一小盆兰花来。她说："太太那边有人

长歌当哭

送了四盆兰花来，因里头有事，没有空儿玩他，叫给二爷一盆，林姑娘一盆。"黛玉看时，却有几枝双朵儿的，心中忽然一动，不知是喜是悲，便呆呆的傻看。宝玉走后，黛玉回到房中，看着花，心想："草木当春，花鲜叶茂，想我年纪尚小，便像三秋蒲柳。……只恐似那花柳残春，怎禁得风催雨送！"想到此，不禁又滴下泪来。

黛玉正愁得没法解时，只见宝钗那边打发人送封信来。黛玉打开看时，只见上面写道"妹生辰不偶，家运多艰，姊妹伶仃，萱亲衰迈。……感怀触绪，聊赋四章，匪曰无故呻吟，亦长歌当哭之意耳……"黛玉看毕，不胜伤感。

后人用"长歌当哭"，表示以歌代哭，多指用诗文抒发胸中悲愤之情。

楚囚南冠

典出《左传》成公九年：晋侯观于军府，见钟仪，问之曰："南冠而絷者谁也？"有司曰："郑人所献楚囚也。"

春秋时，郑国在晋的帮助下打败了楚国，俘获楚大夫钟仪。郑国将这个俘虏献给了晋国，但后来郑又附楚疏晋，晋楚之间发生了战争。

有一次，晋侯到军府视察，看见了钟仪。他问："那个戴着南方人帽子的囚徒是什么人？"一个官吏回答说，此人叫钟仪，是郑国人献给晋国的楚国俘虏。想到郑国以往对晋亲近，如今又反目为仇，晋侯十分感叹。他下令将钟仪释放，并召见了他。

钟仪对晋侯的宽宏大量十分感激，两次向晋侯下拜行礼。晋侯问钟仪的身世，他说世代都是乐官。又问他是否会奏乐，钟仪说："这是我家祖传的职业，我不敢做其他事，只会奏乐。"晋侯命人拿来了琴，让钟仪演奏。钟仪弹起了楚国的民间乐曲，其声伤感。晋侯问起他楚王的情况，钟仪不作正面回答，只推辞说："君王的事，我怎么会知道呢？"

后来，晋侯将见到钟仪的事告诉了范文子，文子很感动地对晋侯说："这个楚国人说起祖业来如此恭敬，不敢违背。让他奏乐，他奏的是本国音乐，不忘故国。君侯何不放了他，让他回去为晋楚友好出力呢？"

晋侯果然放了钟仪，并备了厚礼让他带回国，谋求两国的和平。

后人用"楚囚南冠"的典故形容困居他乡，怀恋故土。或指被囚禁的人。

得意忘形

典出《晋书·阮籍传》：阮籍，字嗣宗，陈留尉氏人也。父璃，魏丞相掾，知名于世。籍容貌瑰杰；志气恢放，傲然独得，任性不羁，而喜怒不形于色。或闭户视书，累月不出；或登临山水，经日忘归。博览群籍，尤好《庄》《老》。嗜酒能啸，善弹琴。当其得意，忽忘形骸。时人多谓之痴，惟族兄文业每叹服之，以为胜己，由是咸共称异。

阮籍（210—263年），字嗣宗，三国时期魏国陈留尉氏人。父亲阮璃，字元瑜，极有文才，在魏国任丞相掾，在社会上名气很大。阮籍容貌奇伟，志向恢宏远大，自视很高，狂放不羁，并且极有涵养，喜怒不形于色。有时闭门读书，几个月都不外出；有时登山临水外出游览。几天不回来。博览群书，尤其喜好《庄子》《老子》。极爱饮酒，能长啸，善弹琴。当他得意的时候，忽然之间，连自己是什么样子都忘掉了。当时，人们都说他呆痴，只有同族之兄阮文业经常感叹，表示佩服，认为阮籍比自己强。所以，大家都称赞阮籍，认为他是个奇才。

"得意忘形"就是从这个故事原文中"当其得意，忽忘形骸"一语演变而来的。形骸：人的形体、躯壳。"得意忘形"的本意是：因高兴而物我两忘。后来，人们用它形容高兴得忘乎所以，失去常态。

洞房花烛

现在人们都称结婚的新房为洞房，在洞房中还要点燃红烛，称花烛。你知道这洞房花烛的风俗怎么来的吗？

相传秦始皇建造了阿房宫之后，在全国挑选美女，送到阿房宫，习歌学舞，供秦始皇一人享受。当时山西有一位民间绝色美女，已不知道她叫什么名字，因在家排行第三，所以大家都叫她三姑娘。三姑娘不仅长得美丽，而且性情刚烈。她被选中入宫后，不甘心被蹂躏，更不愿成为贵族的玩物。于是，她在一个月黑风高的夜晚，冒着生命危险，从阿房宫后墙逃了出来，翻过骊山，向家乡奔去。

在华山那险峻的道路上，三姑娘与一位书生沈博相遇。由于秦始皇焚书坑儒的暴政，沈博十分痛恨秦始皇，他听了三姑娘的经历，十分同情她，也很钦佩他，两人一见钟情，就在华山的一座山洞里对天盟誓，结为夫妻。山洞里很黑，沈博捡了许多树枝，点起火来，在火光上，沈博才看清自己的妻子是个多么美丽的姑娘。拜天地时，没有香，他们就摘折了许多艳丽的花枝插在火堆前，先拜了天地，又拜了祖宗，成了一对恩爱的伴侣。

后来，人们为了表达对三姑娘勇敢抗争、追求爱情精神的崇敬，在通往华山顶峰的路上修建起一座座庙宇。每座庙宇中都供奉着三姑娘的塑像，人们都称她为三圣母。唐代以后，一些文人根据这个民间传说，又创造出三圣母与书生刘颜昌的爱情故事，进一步歌颂三姑娘。

正是由于这个传说，人们就把结婚的新房叫做洞房，把喜庆的红烛叫做花烛。

咄咄书空

典出《晋书·殷浩传》：浩虽被黜放，口无怨言，夷神委命，谈咏不辍，虽家人不见其有流放之戚。但终日书空，作"咄咄怪事"四字而已。浩甥韩伯，浩素赏爱之，随至徙所。经岁还都，浩送至渚侧，咏曹颜远诗云："富贵他人合，贫贱亲戚离。"因而泣下。后温将以浩为尚书令，遗书告之，浩欣然许焉。将答书，虑有谬误，开闭者数十，竟达空函，大忤温意，由是遂绝。永和十二年卒。

殷浩（？—356年），晋代陈郡长平人，字深源。见识广博，气度恢宏。青年时期就享有盛名，对佛、道宗教的义理很有研究，谈起来头头是道，许多人都很崇拜他。简文帝永和六年（350年），殷浩担任中军将军，都督扬州、豫州、徐州、兖州、青州等五州军事，并于永和九年（353年）率师北伐，结果战败，军储器械丧失殆尽。这时，他的政敌桓温听到这个消息，就上疏弹劾殷浩，说殷浩屡蒙皇恩，官居高位，却不能尽职尽责，为皇上效力。北伐以来，身当重任，却没有为国雪耻的志气，征战不力，导致全军大败，军械尽失，给江山社稷造成了严重的威胁。所以，必须对殷浩加以严肃的惩处。结果，皇帝大怒，把殷浩废为庶人，流放到东阳的信安县（今浙江衢州市衢江区）。

殷浩虽然被废黜流放，但是口中从无怨言，神情平和，听天由命，谈笑吟咏也不因此而中止，即使是自家人也看不出他有流放的忧愁。只是整天在空中用手指虚写字形，别人暗地观察，发现他不过在写"咄咄怪事"4个字而已。殷浩有一个外甥叫韩伯，殷浩很喜欢他，也跟着殷浩来到流放地。过完年以后，韩伯回到京城，临行时，殷浩一直把他送到水边，口中吟咏着曹颜远写的诗句："富贵他人合，贫贱亲戚离。"接着，殷浩哭了。后来，桓温想叫殷浩任尚书令，发信通知殷浩，殷浩高高兴兴地答应了。他准备发出一封答谢的书信，封好后，又担心信中有不妥之处，开信、封信数十次，最后竟然寄出一个空信封，大大地触怒了桓温，从此就不理殷浩了。永和十二年（356年），殷浩死了。

"咄咄书空"就是从这个故事来的。咄咄：感叹声。"咄咄书空"的意思是，在空中比画"咄咄怪事"4个字。人们用"咄咄书空"形容出乎意外，使人惊异；也可用形容内心怨愤极大，难以表述。

范进中举

典出《儒林外史》第三回。

范进，原是比较老实、勤学苦读、受人欺侮的穷书生。自12岁应考，连续考了20余次，还是一个童生。最后一次应考，他实际年龄已经54岁，名册上写的却是30岁。考试那天，范进第一个交卷。主考官周进，也是苦读出身的，见范进面黄肌瘦，胡须花白，寒冬天气还穿件麻布大褂，冻得瑟瑟发抖，不由动了恻隐之心，便用意看他的试卷。可是连看两遍，还不解其意，直到看了3遍，才知是"天地间最好的文章，真是一字一珠"！不等各卷汇齐，便取范进第一名。

范进中了秀才，还要去参加乡试，找丈人胡屠户借钱，却被骂得狗血喷头。胡屠户骂他："他中了相公，就癞蛤蟆想吃天鹅肉，趁早收了这心！"范进只好向乡邻同案借了盘费，瞒着人去城里应试。回来时，家里已断粮3天。胡屠户知道后，又将他骂了一顿。

发榜那天，范进家里没米下锅，抱着母亲那只生蛋鸡上集去卖。刚走不久，报喜的人来了。邻居飞奔到集上去找范进，只见他抱着母鸡，一步一踱地四下张望，在寻人买。邻居赶忙上前说："范相公，你中了举人，赶快回

范进中举

去！"范进以为是哄他，只装没听见，低着头直往前走。邻居见他不理，追上去要夺他的鸡。范进挣脱说："高邻，不要开玩笑，我要卖它买米救命啊！"邻居见范进不信，劈手把鸡夺了，掼在地上，拖着范进就往回跑。

范进回到家门口，见到报喜的和邻居们挤满一屋，他三步并作两步往屋里走。屋里已挂起报帖："捷报贵府老爷范讳进高中广东乡试第七名亚元京报连登黄甲。"范进每念一遍，就拍手笑道："噫！好了！我中了！"范进念着，笑着，突然一跤跌倒在地，牙关紧咬，不省人事。他母亲慌忙拿开水来灌救。灌弄了一阵，范进一骨碌爬起来，又拍手大笑道："噫！好了！我中了！"不由分说，往门外飞跑，边拍边笑。大伙都说这位新贵人喜疯了！

范进的母亲和妻子急得大哭。有人出主意说："范老爷因欢喜过度，痰迷心窍，只要他平日最惧怕的人打他一下，说你不曾中，他一吓，把痰吐出来，就明白了！"众人要胡屠户打他女婿，胡屠户为难地说："如今中了老爷便是天上的星宿，打不得的啊！"邻居见他此状，便挖苦他，催促他。胡屠户违拗不过，喝了酒，壮壮胆，拿出平日的凶恶样子，对着正在发疯的范进，大骂一声："该死的畜生！你中了什么！"一巴掌过去，把范进打倒在地。众人一齐上前，替范进抹胸口，捶背心，忙了半晌，范进才渐渐喘过气来，睁开眼，不疯了。胡屠户连忙向女婿赔礼道歉，扶他回家。

范进中举之后，从此结交官绅变成一个虚伪庸俗的官吏。

"范进中举"，比喻喜出望外，欢喜若狂。

范滂诀母

典出《后汉书·范滂传》：汉灵帝时大诛党人，范滂临入狱之前，其母与之诀别曰："汝今得与李杜齐名，死亦何恨，既有令名，复求寿考，可兼得乎？"

东汉末年，政治黑暗，宦官专权，他们诬陷当时的一些有品行、有知识的人为"党人"（意为结党营私），大肆抓捕，加以禁锢。

范滂因触怒宦官亦被放归乡里。一天，郡里的司法官吴导接到朝廷命令，立即逮捕范滂！吴导不敢相信这是真的，只好伏在床上痛哭。范滂很快知道了这事，他说："一定是因为我，他不愿捉我，但又无法交差，所以痛哭。"他就同母亲一起来到县里的监狱。县令见了大吃一惊，说："天下这么大，逃到哪里不行呢？我们一起逃吧！"说完，县令解下大印，扔在一旁。范滂制止县令说："我死了，祸事也就完，何必连累你和我母亲呢？"说着，他转过身和母亲告别说："母亲，孩儿去了！弟弟很有孝心，足以供养你老人家；我呢，与父亲一起去黄泉走一遭，虽然生死不一，但各有所依靠，事情到此也无可奈何，不要太悲伤了！"

母亲抚摸着儿子，强忍悲痛说：

范滂诀母

"你为正义而死，自然会青史留名，我有什么遗憾呢？一个人，既想获得好名声，又想享乐长寿，哪有这样的好事？"范滂连忙跑在母亲面前叩头。他母亲又说："即使是我让你做坏事，你也不会做；但我让你多做好事，这不就是我们的造化吗？"

过路的人听见了，都感动地流下了眼泪。

后人用"范滂诀母"的典故表示为正义事业勇于牺牲，以及辞别亲人时的悲壮情景。

干啼湿哭

典出《北齐书·尉景传》：景有果下马，文襄求之，景不与，曰："土相扶为墙，人相扶为王，一马亦不得畜而索也。"神武（高欢）对景及常山君责文襄而杖之。常山君泣救之。景曰："小儿惯去，放使作心腹，何须干啼湿哭不听打耶！"

南北朝时期，有一个人叫尉景，字士真。他的妻子叫常山君，常山君是齐高祖高欢的姐姐，也就是说，尉景是高欢的姐夫。高欢有一个儿子叫高澄（齐世宗文襄帝），推算起来，尉景就是高澄的姑夫。

干啼湿哭

尉景曾有一匹果下马，即一种矮小的马，据说只有 3 尺高，骑着它可以在果树之下行走，所以叫做果下马。这种矮马，是不可多得的。高澄向尉景索要这匹马，尉景不肯给，并且不高兴地说："泥土互相黏合才能成墙，人们互相扶持才能称王。可是，我只有 1 匹果下马还养不成，高澄硬向我索要！"齐高祖高欢听到这个消息后，非常生气，当着尉景和常山君的面，杖打高澄。作为姑姑的常山君着急了，在一旁哭哭啼啼，哀求不要再打了。尉景说："高澄这小儿，已经习惯于离开父母了，把他派到外边当心腹之用，也是不错的，你何必哭哭啼啼不让打呢！"

"干啼湿哭"就是从这个故事来的。人们用它形容哭哭啼啼的样子。

故剑情深

典出《汉书·外戚传》：时许广汉有女子君，年十四五……遂与曾孙，一岁生元帝。数月，曾孙立为帝……是时，霍将军有小女，与皇太后有亲。公卿议更立皇后，皆心仪霍将军女，亦未有言。上乃诏求微时故剑，大臣知指，白立许婕妤为皇后。

汉武帝时，发生了一次因迷信而起的"巫蛊之祸"，很多人被牵连。皇后卫子夫、皇太子、皇太孙都因而致死，只剩下一个襁褓中的皇曾孙。汉昭帝（武帝幼子）死后，大将

故剑情深

军霍光立皇曾孙为帝，即汉宣帝，封宣帝做平民时所娶的妻子许平原为婕妤（女官名）。这时公卿大臣们商讨要替宣帝立皇后，都以为霍光的幼女最为适合，霍光也自以为权高一切，将自己女儿立为皇后是意中事，但是汉宣帝心里十分不愿意，一是他们夫妇感情深厚，不忍抛弃；二是他不愿娶霍家女，以免受霍光钳制。但是他又不愿公开反对。宣帝亲自下了一道命令，要寻求过去做平民时的旧剑，大臣们知道他所指的是旧时的妻子，于是便立许婕妤做皇后。

霍光的妻子霍显眼见女儿做不成皇后，心中大恨，趁第二年许皇后生产后小病，买通女医，将许皇后毒死。霍光便将自己女儿立为皇后。

作为一个皇帝而能念念不忘旧时的夫妻之情，是难能可贵的，这一种真诚和始终如一的感情，也是值得人们效法的，所以后来的人便将宣帝"下诏求微时故剑"这段故事引申为"故剑情深"一句成语，来比喻一个丈夫对旧妻的想念。故：旧也；剑是古时人随身所带的武器，此处比喻共同生活、互爱互助的妻子。

鹤吊陶母

典出《世说新语·贤媛》注：母湛氏，贤明有法训。侃在武昌，与佐吏从容饮宴，常有饮限。或劝犹可少进，侃凄然良久曰："昔年少，曾有酒失，二亲见约，故不敢逾限。"及侃丁母忧，在墓下，忽有二客来吊，不哭而退，仪服鲜异，知非常人。遣随视之，但见双鹤冲天而去。

陶侃（259—334年），晋代浔阳人，字士行。他少失父亲，家境十分贫穷。有一次，孝廉范逵赴京都上任，带了许多从人、车马，到陶侃家投宿。陶侃家空无所有，母亲湛氏剪下长发出卖，换得几斛米，以招待客人。范逵深受感动，到洛阳后到处夸奖陶侃，使他名声大振。陶侃曾任荆州刺史、广州刺史，被封为长沙郡公，都督八州军事。

陶侃的母亲湛氏，为人贤明，对儿子训诫有方。陶侃在武昌任职时，与副官们从容不迫地喝酒，常常很有限度。有人劝他还可以再喝一点儿，陶侃神情凄凉，过了很久，说："我在少年时代，曾经酒后有失。父母双亲当时给我立下了规矩，我不敢喝酒过量啊。"等到陶母湛氏去世时，陶侃在墓旁守丧。忽然有两个客人来吊唁，没有哭丧就走了。这 2 人服饰鲜艳异常，陶侃知道并不是寻常之人。他派人跟随察看，只见那 2 个人化成双鹤，冲天飞去。

"鹤吊陶母"就是从这个故事来的。人们用它指吊丧之事，或用"吊陶"指吊丧的人。

狐死首丘

典出《淮南子·说林训》：鸟飞反乡，兔走归窟，狐死首丘，寒将翔水，各哀其所生。

鸟飞要返回故乡，兔子跑出去要回到窝里，狐死的时候，头朝着洞穴，寒将（一种蝉，或一种水鸟）在水面飞翔，各自都很眷恋它生长的地方。

"狐死首丘"就是从这里来的。首：头向着。丘：狐洞穴所在的土丘。传说狐死时，它的头是向着洞穴的。人们用"狐死首丘"比喻不忘本；或比喻对故乡的思念。

黄雀衔环

典出《续齐谐记》：汉人杨宝年九岁，至华阴山，见一黄雀为鸱枭所搏坠地。宝取归，置巾箱中，饲以黄花。百余日，毛羽成，乃飞去。其夜有黄衣童子向宝曰："吾西王母使者，蒙君拯救，实感仁恩。今赠白环四枚，令君子孙洁白，位登三公，一如此环。"

汉代有一个人叫杨宝。传说他9岁那年，一次从华阴山北面经过，看见一只猫头鹰追赶一只黄雀，黄雀被猫头鹰抓伤，掉在树下。

杨宝过去一看，可怜的黄雀浑身伤痕累累，而且有大群的蚂蚁将它团团围住。黄雀动弹不得，十分痛苦。看见杨宝，它的眼睛里满是乞怜的神色。杨宝很同情黄雀，小心地用手将它捧起，带回了家中。

回到家后，杨宝将黄雀安置在一只小箱子里，每天精心地照料它，用洁净的清水和新鲜的黄花喂养它。慢慢地，黄雀身上的伤口痊愈了，吃的东西也一天天多了起来。

大约100天以后，黄雀的伤完全好了，羽毛已重新长得丰满光滑，它终于又能在天上高高地飞翔了。但黄雀舍不得离开杨宝，它每日白天飞到外面玩耍觅食，晚上又飞回杨宝身边。几天之后，黄雀终于飞走了没有回来。

一天夜里，杨宝读书到了三更时分。忽然从门外走进一个穿黄衣服的童子，向他跪拜行礼。杨宝很惊奇地问他是谁，来干什么。童子再次下拜，毕恭毕敬地对他说："我就是你救出的那只黄雀，本是西王母的使者。那天我奉王母之命出使蓬莱，途中不慎被猫头鹰伤害。若不是你以仁爱之心将我拯救，我早已死于非命。即使千言万语，也难以表达我对你的感激之情。"说完，他取出4个白色的玉环赠给杨宝，并对他说："祝你的子孙如这玉环般洁白，位居三公。"说罢倏然不见。果然，后来杨宝的后代都做了大官。

后人用"黄雀衔环"或"白环报恩"等典故表示知恩图报。

疾恶如仇

典出《后汉书·陈蕃传》：前山阳太守翟超，东海相海浮，奉公不饶，疾恶如仇。

《晋书·傅咸传》：咸字长虞，刚简有大节。风格峻整，识性明悟，疾恶如仇，推贤乐善。

晋代，有一个人叫傅咸，字长虞，他是司隶校尉傅玄（217—278年，字休奕）的儿子。晋武帝咸宁（275—279年）初年，62岁的傅玄死了，被追封为清泉侯。傅咸承袭了父亲的爵位，被拜为太子洗马，又升迁为尚书右丞、司徒左长史等职。

当时，西晋统治集团的各级官吏荒淫奢侈，天下百姓啼饥号寒，民不聊生。晋惠帝（司马衷）即位后，任用亲戚当官为宦，搞得天下民怨沸腾。傅咸屡次上书皇上，斥责为非作歹的官吏，请求皇帝罢免他们。因此，傅咸得罪了不少人，这些人联合起来，要求罢免傅咸的官职。但是，傅咸毫不示弱，坚持进行斗争。

傅咸为人坚强朴直，善于处理关系存亡安危的大事，能抓住关键。风格严正庄重，意识聪明颖悟，正义感极强，憎恨坏人坏事，如同誓不两立的仇敌。而又推举贤才，乐善好施。

"疾恶如仇"就是从这个故事来的。它的意思是，憎恨坏人坏事，如同誓不两立的仇敌，人们用它形容人的正义感极强。"疾"也作"嫉"。

结草报魏

典出《左传》宣公十五年：颗见老人，结草以亢（抗）杜回。杜回踬而颠，故获之。夜梦之，回："余，而所嫁妇人之父也……余是以报。"

春秋时，晋国有一个大夫叫魏武子。他有一个小妾，很受宠爱，没有生过儿子。魏武子生了病，预感到自己活不长了，就交代了一些后事。在谈到这个爱妾时，他对儿子魏颗说："我死之后，你就让她改嫁。"魏颗自然满口答应。

后来，魏武子病势沉重。病危时，他又提起小妾，并对魏颗说："我死后，就让她为我殉葬。"

等到魏式子死后，魏颗并没有将那女子活埋殉葬，而是让她改嫁了。有人问他为何不按父亲临终遗言办时，他说："人在病重时神志不清，说话不应当算数，我应当遵从的，是父亲清醒时的嘱托。"

后来，魏颗与秦国的军队作战，遇上秦军著名将领杜回。在打得十分激烈的辅氏大战中，魏颗眼看抵挡不住，情势非常危急。这时，突然阵前出现了一位白发苍苍的老人，他抛出一条草编的绳子绊住杜回，使晋军将其生擒，魏颗获得了战斗的胜利。

夜里，魏颗梦见了那位白发老人。他对魏颗说："将军是否记得，你曾将父亲的一个妾改嫁出门，救了她一条命。而我，就是那女子的父亲，因此特来报答你的恩德。"

后人用"结草报德"的典故形容人真心实意地感恩图报。也可写作"结草衔环"。

噤若寒蝉

典出《后汉书·杜密传》：后密去官还家，每谒守令，多所陈托。同郡刘胜，亦自蜀郡告归乡里，闭门扫轨，无所干及。太守王昱谓密曰："刘季陵清高士，公卿多举之者。"密知昱激己，对曰："刘胜位为大夫，见礼上宾，而知善不荐，闻恶无言，隐情惜己，自同寒蝉，此罪人也。今志义力行之贤而密达之，违道失节之士而密纠之，使明府赏刑得中，令问休扬，不亦万分之一乎？"昱惭服，待之弥厚。

东汉时期，有一个人叫杜密，字周甫，颍川阳城人。为人沉着刚毅，少有大志。司徒胡广推荐他当了代郡太守，后来又当了太山太守、北海相。每当官宦子弟犯了法，杜密毫不手软，将他们一一缉拿归案。所以，他有较好的名声。

后来杜密一度辞官回家闲居。他每次去拜望太守时，都要谈许多人和事，拜托太守善为处理。同郡人刘胜，也从蜀郡辞官回乡，刘胜闭门不出，不与人交往，门前连来访的车迹也没有，对什么事情都不过问。有一次，太守王昱对杜密说："刘季陵（刘胜字季陵）是一个清高的人士，公卿们都荐举他。"杜密知道，这是王昱在刺激自己，叫他以后不要管闲事。杜密回答道："刘胜身居大夫之位，受到上宾的礼遇，可是他知道有才能的人不荐举，听到恶行也不表态，一味地隐瞒真情保护自己，像寒天里的蝉一样不能发声，这实际上是罪人啊。如今，对于有志气、怀忠义、身体力行的贤人，我极力推荐他们；对于违背道义、丧失气节的人，我极力纠正他们，使您这位高明的郡府太守赏罚适当，让美善之事得以传扬，我不是也能起到一点作用吗？"太守王昱感到十分惭愧，深感杜密讲得有理，因此同他的交情更加深厚了。

"噤若寒蝉"就是从这个故事来的。噤：闭口不作声。"噤若寒蝉"的意思是，像寒天里的蝉一样寂寞无声。人们用它比喻胆怯不敢说话。

举案齐眉

典出《后汉书·梁鸿传》：遂至吴，依大家皋伯通，居庑下，为人赁舂。每归，妻为具食，不敢于鸿前仰视，举案齐眉。伯通察而异之，曰："彼能使其妻敬之如此，非凡人也。"乃方舍之于家。

东汉时代有个叫梁鸿的读书人，字伯鸾，是太学的学生，学问很广博；学成以后，因为家贫，在上林苑里养猪为业，但为人很有志气。有一次，邻居把饭煮熟了，叫他趁锅底下还有余火，赶快去做饭。他却说："我是不依靠别人的热，沾别人的光的。"他一面说一面把锅底下的余火灭尽，才重新烧火煮饭。

不久，梁鸿的名气大了起来，一些有钱人愿意将他招做女婿，他一概不要。同县有一个姓孟的富家女儿，生得又丑又黑，但力气却大得惊人。虽然她面貌不美，却有一个古代女子所应具备的美德，故仍有很多人向她求婚，但她不肯随便嫁人。一直到 30 岁，父母问她终身作何打算，她说："要我嫁人，除非像梁伯鸾这样的人方合我的心思。"梁鸿听到了，倒很有知己之感，就把她娶了回来。但婚后 7 天梁鸿始终没有睬她，因她仍然穿着绫罗，一派富家小姐的装束。妻子知道以后，脱下绫罗，穿上粗衣，辛勤劳作，这时，梁鸿才开心地说："这样才真正是梁鸿的好妻子了。"两人先隐居在霸陵的深山里面，丈夫耕地，妻子织布；空闲下来，就在一起读书弹琴；你敬我爱，过着幸福愉快的生活。后来，他俩离开故乡，路过洛阳。梁鸿见当时朝廷腐败，便作了一首《五噫》歌，抒发他的愤慨。不料皇帝见了，很不高兴，要捉拿他。他不得不隐姓埋名辗转到吴地，替大户人家皋伯通舂米过活。每次工作回家，他的妻子预备了饭食，总是恭恭敬敬地把饭盘举得齐着眉毛送给他吃。皋伯通看了说："这个工人能够使他妻子这样看重他，一定不是个寻常之辈。"从此就请他在住宅里住下。

盛食物的木盘，古时候叫做案。以后的人就根据这个故事，把夫妇之间互相敬重的关系，叫做"举案齐眉"。

蓝桥遇仙

典出：唐·裴铏《裴航传奇》。

唐穆宗长庆年间，有一秀才，名叫裴航。一次，他在船中偶然遇见一位仙人，别时，仙人赠裴航一首诗，诗上说："喝口美酒便产生好多感受，像白兔捣药后就可以见到云英姑娘，她像嫦娥一样的漂亮，居住处不在玉清宫而在蓝桥附近。"裴航看后，似懂非懂，也不在意。

后来他到了蓝桥附近，便觉口渴起来。环顾四周，见前面有三四间茅屋，就前去讨口水喝。茅屋前，有一老妇人正在绩麻，裴航一拱手，说道："在下有礼了？想讨口水喝。"老妇人未抬头，只向内喊道："云英，拿杯水来，公子要饮。"裴航突然想起了仙人赠他的诗，不觉有些惊奇，这时，从芦苇帘内伸出一只洁白如玉的葱嫩小手，递来一杯清香扑鼻的茶水。他接过水一饮而尽，心里想，里面的女子肯定漂亮，忍不住揭开芦苇帘向里看，只见一女子亭亭玉立，艳丽照人，美似天仙。裴航不禁一见钟情，当即向老妇人求婚，老妇人提出许多苛刻的条件，裴航都一一答应。

后来，裴航经过种种努力，终于完成了老妇人要求做的事。于是，老妇人带着裴航、云英一起进入山中，都成了仙人。

后人"蓝桥"喻指青年男女约会的地点，"云英"指意中人。

厉人生子

典出《庄子·天地》：厉之人，夜半生其子，遽取火而视之，汲汲然惟恐其似己也。

有一个害癞病的人，他妻子半夜里生下了一个儿子，急忙取火烛跑去仔细端详，慌慌张张地唯恐儿子长得和自己一样！

这个寓言是庄子于行文中顺手引出的一个小故事，把厉人作为"一惑"的："知其不可得也，而强之，又一惑也。故莫若释之而不推，不

厉人生子

推其谁比忧？"就是说把它放开，不去推求，一切听其自然，不要像厉人那么汲汲然的样子，自然就没有谁相与为忧了。庄子的原意是说，厉人生子"恐其似己"，是由于自知其厉，故生此惑；如若懵然不知，也就不会有惑有忧了。这种思想，叫人去知泯欲，显然是错误的。依常理而论，厉人害癞病，吃够了苦头，希望后代不要像自己那样痛苦地生活下去，这是一种善良的愿望。

令人发指

典出《史记·刺客列传》：又前而为歌曰："风萧萧兮易水寒，壮士一去兮不复还！"复羽声慷慨，士皆瞋目，发尽上指冠。

战国末期，秦国要统一全中国，并采取了远交近攻的策略，一步一步地消灭其余六国。当秦国大兵开到燕国的西部边境易水河边的时候，燕太子丹非常紧张。于是，他找了一个叫荆轲的武士，让他到秦国去刺杀秦王嬴政（即后来的秦始皇）。

令人发指

太子丹假装把燕国督亢这个地方献给秦国，让荆轲去送地图，并把一把匕首藏在图卷里，好让荆轲见机行事，刺杀秦王。

这一切都准备好以后，荆轲带着一个随员前往秦国。太子丹和荆轲都明白，这次去秦国可能凶多吉少，说不定会送命。

于是太子丹带了一批官员穿上白衣服，戴着白帽子，把荆轲送到易水河边。临别时，荆轲悲切地唱："风萧萧兮易水寒，壮士一去兮不复还。"送行的人们见荆轲唱得如此激昂、悲切，一个个都睁大眼睛，连头发都直竖了起来。

"令人发指"这句成语中的"令"是使的意思，"发指"就是头发直竖起来。

后人用这个典故比喻愤怒到了极点。

六神不安

典出清代李宝嘉著的《官场现形记》第二回："这一天更不曾睡觉，替他弄这样弄那样，忙了个六神不安。"

《官场现形记》是清末李宝嘉著的一部长篇小说，共60回。小说以谴责晚清官场的黑暗为主题，描写了当时官僚贪污勒索，迫害人民和投靠帝国主义的种种罪行，客观上反映了当时的一些社会矛盾，在思想上表现出改良主义倾向。在这部小说的第二回"钱典史同行说官趣，赵孝廉下第受奴欺"中讲道：有一个叫赵温的人中了举人，赵家设宴庆贺，一连忙了几天。派到县里的教官传下话来，让赵温即日赴省，填写亲供（秀才中举后，要在一定的期限里到学台官署去填写新供，写明年龄、籍贯、三代和身貌，并由所属的教官出具保证，证明属实）。赵温的爷爷看过皇历，选择了黄道吉日准备送孙子前往。临行的前一天，赵温的爷爷、爸爸，忙活了一天一夜，替赵温弄这弄那，忙了个六神不安。

六神，按道教的说法，人的心、肺、肝、肾、脾、胆各有神灵主宰，称为六神。后泛指精神。"六神不安"这句成语常用来形容心神不定。

六月飞霜

典出《后汉书·刘瑜传》注:《淮南子》曰:"邹衍事燕惠王尽忠,左右谮之,王系之,仰天而哭,五月天为之下霜。"

战国时期,齐国临淄有一个人叫邹衍(也作"驺衍"),深通阴阳之道,他著书10余万言,论述时世的盛衰兴亡都随金、木、水、火、土这"五德"为转移,其说宏大不经,在社会上很有影响。

邹衍游历各国,传播他的学说。他到达燕国时,燕王筑碣石宫请他居住,向他请教。邹衍在燕国做官,对燕惠王尽忠效力,但燕惠王身边的人都说他的坏话,陷害他。燕惠王听信谗言,把他关进了监狱。邹衍仰天大哭,感动了上天。那时正是火热的夏天,却遍地下起霜来。

六月飞霜

"六月飞霜"就是从这个故事来的。人们用这个典故指冤狱,或用来比喻冤情感动天地。"六月飞霜"也作"五月飞霜"。

芒刺在背

典出《汉书·霍光传》:宣帝始立,谒见高庙,大将军光从骖乘,上内严惮之,若有芒刺在背。后车骑将军张安世代光骖乘,天子从容肆体,甚安

芒刺在背

近焉。及光身死而宗族竟诛，故俗传之曰："威震主者不畜，霍氏之祸萌于骖乘。"

汉朝，有一个人叫霍光（公元前？—公元前68年），他是著名将领霍去病的异母弟。汉武帝时期，霍光为奉车都尉。他出入宫廷20余年，十分谨小慎微，从未出现过差错。汉武帝死后，汉昭帝8岁即位。按照汉武帝的遗诏，霍光以大司马大将军的身份辅佐汉昭帝处理政事，许多大事都由霍光决定。汉昭帝死后，霍光等人迎立昌邑王刘贺，但是刘贺淫乱奢侈，不务正业，被霍光等人废掉了。霍光等人又立刘询为皇帝，这就是汉宣帝。

汉宣帝初登帝位，去朝拜高祖庙，大将军霍光陪坐在旁边的一辆车上，看到霍光不苟言笑、十分威严的样子，汉宣帝的心里特别惧怕他，好像针芒刺在背上一样难受不堪。后来，车骑将军张安世代替霍光陪乘的时候，汉宣帝感到从容不迫、十分轻松，甚是安定和亲近。等到汉宣帝羽翼丰满，亲临朝政以后，收回了霍光的兵权，并以谋反罪杀了霍光，灭了他的宗族。所以，民间流传着这样的话，"威高震主的人不能被容纳，霍光的灾祸起源于陪乘。"

"芒刺在背"就是从这个故事来的。芒刺：指植物茎干上或果壳上的小刺。人们用"芒刺在背"比喻恐惧不安、很不自在。

目光如炬

典出《南史·檀道济传》：道济见收，愤怒气盛，目光如炬，俄尔间引饮一斛。

南北朝时，宋国有位大将叫檀道济，金乡（今山东济宁）人，是一位很有谋略的军事家，做到太尉的官（相当于宰相）。他随宋武帝伐秦国，随宋文帝伐魏国，屡建奇功，威名极重，不但国内的老百姓尊崇他，敌国也对他十分敬畏。皇帝见他威信日高，便对他怀疑起来，后来借故将他杀了。

当檀道济见到差官持了皇帝的命令来逮捕他时，愤怒气极，睁大了眼睛，两道目光像火炬般射出来，一时气得说不出话来。半晌，命人拿出酒器，一下子喝了一斛（古量器，10斗为一斛，此处形容其多也），饮毕，便将头上束发的布带解下，掷在地上，大声道："嘿，这是你自己毁灭你的万里长城！"

后人根据这个故事演绎出成语"目光如炬"，形容非常愤怒，也用以比喻见识深远。

难兄难弟

典出《世说新语·德行》：陈元方子长文有英才，与季方子孝先各论其父功德，争之不能决。咨于太丘，太丘曰："元方难为兄，季方难为弟。"

汉朝太邱的县令陈实，有两个儿子，大的名纪，字元方，小的名谌，字季方，兄弟二人都有崇高的道德，且都有文才，远近的人都知道他们兄弟二人的名誉。

有一天，元方的儿子长文和季方的儿子孝先，争论起他们父亲的优劣来，究竟是谁优谁劣，争论了一回，两方各执道理，没有办法得出结论，于是都到他们的祖父陈实那里，请祖父评判一下谁优谁劣。陈实说："他们俩的本领都是一样，不必论优劣，季方的弟弟也不容易呀！"

这本来是一句极好的话，也是恭维人家兄弟们品德、才能都好，难以分出高低。但是现在却被人们引申开来，意思转变为变为刻薄人家的用语，骂人家同恶相济。

怒发冲冠

典出《史记·廉颇蔺相如列传》：相如视秦王无意偿赵城，乃前曰："璧有瑕，请指示王。"王授璧，相如因持璧却立倚柱，怒发上冲冠。

一天，赵惠文王问蔺相如说："秦王想用 15 城交换我和氏璧，可以给他吗？"蔺相如说："秦国强而赵国弱，不得不同意。"赵王说："我给和氏璧，万一他不给我城，怎么办？"蔺相如说："现在很难说，如他不给城，他就失礼；如果我们不给和氏璧，我们就失礼。平衡这两种选择，倒不如同意而使秦国失礼。"

赵王听了蔺相如的建议，仍感到为难。他说："这样，使者的任务就重了！谁可以担任呢？"蔺相如立即回答说："如果的确没有人，我愿替大王前往。秦国的城

怒发冲冠

市划入赵国，我就把和氏璧留在秦国；城未划入，我就把它完整地带回来。"

于是，蔺相如带着和氏璧出使西面的秦国。

到了秦国，秦王高坐章台，蔺相如奉璧献上。秦王非常高兴，自己把玩一阵之后，又递给身边的宫娥彩女观看，然后再递给臣下。众人都高兴得呼喊万岁。

这种极为傲慢的态度激怒了蔺相如，他知道秦王无意按约划城给赵国，就向前说："大王，璧上有一点儿黑斑，我想指给大王看看。"秦王把璧递给蔺相如，蔺相如紧握着璧退后，倚着柱子，愤怒得连头发都向上冲动了帽子，然后，举璧准备击碎。秦王怕击碎了玉，连忙缓和下来。后来蔺相如终于机智地用计把和氏璧带回了赵国。

后人用"怒发冲冠"形容人愤怒到了极点。

七情六欲

七情：按《礼记·礼运》的说法，指喜、怒、哀、惧、爱、恶（悟）、欲；按佛教的说法，指喜、怒、忧、惧、爱、憎、欲。

六欲：《吕氏春秋·贵生》中有"所谓全生者，六欲皆得其宜也"的说法。高诱注以为六欲是生、死、耳、目、口、鼻之欲；佛家则以色欲、形貌欲、威仪姿态欲、言语声音欲、细滑欲、人想欲为六欲。

后人用"七情六欲"泛指人的各种欲望。

破镜重圆

典出唐孟棨《本事诗·情感》：陈太子舍人徐德言之妻，后主叔宝之妹，封乐昌公主，才色冠绝。时陈政方乱，德言知不相保，谓其妻曰："以君之才容，国亡必入权豪之家，斯永绝矣。傥情缘未断，犹冀相见，宜有以信之。"乃破一镜，人执其半，约曰："他日必以正月望日，卖于都市，我当在，即以是日访之。"及陈亡，其妻果入越公杨素之家，宠嬖殊厚。德言流离辛苦，仅能至京。遂以正月望日访于都市。有苍头卖半镜者，大高其价，人皆笑之。德言直引至其居，设食具言其故。出半镜以合之。仍题诗曰："镜与人俱去，镜归人不归。无复嫦娥影，空留明月辉。"陈氏得诗，涕泣不食。素闻之，怆然改容，即召德言，还其妻，仍厚遗之。闻者无不感叹。仍与德言、陈氏偕饮，令陈氏为诗，曰："今日何迁次，新官对旧官。笑啼俱不敢，方验作人难。"遂与德言归江南，竟以终老。

南北朝时期，陈朝有一个服侍太子的官人，叫徐德言。他的妻子是皇帝陈后主（陈叔宝）的妹妹，被封为乐昌公主，才貌双全，堪称天下女流之冠。当时，陈后主不理朝政，国事大乱，徐德言深知国家将亡，夫妻之间的爱情难以维持，就对他的妻子说："您有出色的才能和容貌，国家灭亡后，必定会被有权有势的人家夺去，我们就要永别了。如果我们彼此情缘未断，还希望相见的话，应当存留一个信物。"

于是，他打破一面镜子，每人各存一半，约定说："亡国后，您要在正月十五日那一天，在街市上卖镜子，我一定在那里，那一天我要访问您。"陈朝被隋文帝（杨坚）灭掉之后，徐德言的妻子果然被嫁入隋朝大官杨素（被封为越国公）的家里，甚受宠爱。

徐德言颠沛流离，千辛万苦才跋涉到京城。正月十五日那一天，徐德言到街市上寻访。他看到，有一个仆人高价出卖半面镜子，人们都嘲笑他。徐德言把那个仆人带到自己的住处，摆下饭菜招待他，讲述了事情的来龙去脉，拿出自己存在身边的半面镜子，与另一半合在一起，并在上面题诗一首："镜与人俱去，镜归人不归。无复嫦娥影，空留明月辉。"乐昌公主见诗后，涕泣不止，不吃不喝。杨素听到了这个消息，为之深深感动，立即召来徐德言，把妻子归还给他，并赠送了丰厚的礼物。听到这件事的人，无不感叹。杨素与徐德言、乐昌公主一起饮酒，叫乐昌公主吟诗。乐昌公主吟道："今天为什么又迁移再嫁呢？我面对着新官人，又面对着旧官人。我不敢笑，又不敢哭，此时才知做人难！"事后，乐昌公主与徐德言回到江南，终得团圆，白头偕老。

"破镜重圆"这一典故就是从这个故事来的。人们用它比喻夫妻离散后又重新得到团聚。

七上八下

典出《水浒传》第二十六回：看看酒至三杯，那胡正卿便要起身，说道："小人忙些个。"武松叫道："去不得。既来到此，便忙也坐一坐。"那胡正卿心头十五个吊桶打水，七上八下，暗暗地寻思道："既是好意请我们吃酒，如何却这般相待，不许人动身？"只得坐下。

潘金莲与西门庆通奸，害死了丈夫武大。武松向官府告状，催逼知县拿人。谁知这官人贪图贿赂，不肯主持公道。武松决定亲报此仇，在家里安排酒席，要当场杀死潘金莲，请来街坊邻居作证。对门卖冷酒店的胡正卿，原是吏员出身，见此事干系重大，哪里肯来？武松不管他，硬拖了过来，安排坐定。武松请到四家邻居，并王婆和嫂嫂潘金莲，共6人。武松掇条凳子，却坐在横头，叫士兵把前后门关了，那后面士兵自来筛酒，武松只是客套一番，也不说干什么，士兵只顾筛酒，弄得众人怀着鬼胎，不知如何是好。

酒过三杯，胡正卿便要起身告辞，说："小人太忙了。"武松大声说道："你不能走。既然来到这里，再忙也要坐一坐。"那胡正卿心神不定，心头如十五个吊桶打水，七上八下，心中暗想："既然是好意请我们吃酒，为什么又这样对待，不许我动身？"又怕武松动怒，只得坐下。接着，武松审问潘金莲、王婆，让胡正卿一一记录在案。武松杀了潘金莲，又去杀了西门庆，报了杀兄之仇。

"七上八下"就是从这个故事来的。人们用它形容心神不定。

切齿拊心

典出《战国策·燕策三》：此臣日夜切齿拊心也，今乃得闻教。

燕太子丹在秦国做人质，逃跑回去后，看到秦国大将王翦攻破了赵国，俘虏了赵王，一直打到燕国的南边国境。燕太子为了摆脱困境，便把荆轲请来，一起商讨对策。他对荆轲说："秦兵很快就要打过易水了，到那时，即使我想长期陪伴先生，也不可能了。"荆轲说："听说秦王悬赏捉拿樊於期将军，谁捉到赐金千斤，封侯万户。今樊於期将军避难奔燕，如果我们以樊於期的脑袋和燕国督亢的地图献给秦王，秦王一定非常高兴地接见我，我就乘机刺死秦王以报答太子。"太子丹说："樊将军穷困才来投奔我，我不能因私利而伤害长者，请荆卿另外设法。"

荆轲知太子不忍伤害樊将军，就私下去见樊於期，说："秦王使你遭受的祸害太深了。父母宗族都被他们杀光了。现在秦王要以金千斤、万户邑来买你的脑袋，你看怎么办呢？"樊将军仰首呼天，泪如泉涌，深深地叹了一口气说："我每想起这些，就痛入骨髓，但总想不出个办法来。"荆轲说："我倒有个办法，既可以解燕国之患，又可以报将军的深仇。"樊於期凑近荆轲问："你有什么办法？"荆轲肃然，对樊於期说："愿得将军的头，以献秦王，秦王必喜而见我，我就趁机左手抓住秦王的衣袖，右手以匕首刺杀他，这样将军的仇报了，燕国的耻辱也雪了，将军以为如何？"樊於期卷起袖子，凑近荆轲说："此臣日夜切齿拊心也，今乃得闻教。"（意思是：这是我白天黑夜咬牙捶胸的恨事，但不知如何能雪此恨，而今才得你的教诲。）

樊於期说到此，就拔剑自刎了。

后人用"切齿拊心"来形容愤恨到了极点。

青梅竹马

典出唐李白《长干行》诗：郎骑竹马来，绕床弄青梅。同居长干里，两小无嫌猜。

唐朝的大诗人李白，所作的诗俊逸高畅，并且很富情感。有人曾说他的诗才，像天上的神仙谪居人世间一般。他的作品中，有一首诗描述男女孩子彼此玩得很投机的情况，其中有两句道："郎骑竹马来，绕床弄青梅。""青梅竹马"这句成语，就是从这两句诗中得来的。它的意思是说：小孩子们聚在一起，感情很好，很少发生过打架、争吵等事。

"青梅竹马"这句成语通常形容男女幼童天真无邪地在一起玩耍。

如丧考妣

典出《尚书·舜曲》：帝乃殂落，百姓如丧考妣。《孟子·万章上》：二十有八载，帝乃殂落，百姓如丧考妣。

鲁国有个蒙丘，是孟子的学生。有一次，他去拜见孟子，问孟子道："俗话说：'道德最高妙的人，君主不能以他为臣，父亲不能以他为子。'舜便是这样的人。舜做了天子之后，尧率领诸侯向北面去朝见他，舜的父亲瞽叟也面向北去朝见他。舜看见瞽叟来朝见，局促不安。孔子说：'在这个时候，天下就危险得很啊！'不知道事实是否这样。"

孟子回答说："不是这样。尧活着的时候，舜不曾做天子，只是尧老年时叫舜代他执行过天子的职务。《尧典》上说：'二十八年之后，尧死了，老百姓像死了父母一样，服丧3年，各地都停止了娱乐活动。'孔子对此说过：

'天上没有两个太阳，人间没有两个天子。'如果说舜在尧死之前就做了天子，这岂不是同时有两个天子吗！"

后人用"如丧考妣"表示好像死了父母一样地难过和伤心。

如坐针毡

典出《晋书·杜锡传》：舍人杜锡……性亮直忠烈，屡谏愍怀太子，言辞恳切，太子患之。后置针着锡常所坐处毡中，刺之流血。

晋朝时，有一个叫杜锡的人，他是杜预的儿子，从小受到良好的熏陶，年轻时就以学识渊博著称。先被长沙王请去做文学侍从，经过几次升迁，最后被调去做太子舍人（官名，掌管宫中一切事务的官），为愍怀太子服务。

愍怀太子是个不肯长进的人，行为乖张，做事不合情理。杜锡日日在他身边工作，对太子这种作风很不同意，便常常向太子劝告，希望他能改进。杜锡的言辞非常忠实恳切，但愍怀太子却觉得他多事，很不高兴，便派人悄悄地在杜锡平日坐的毡（毛织成的毡，可用来作地毯或坐褥）中插了许多针，杜锡不知此事，坐下时被刺得流出血来。过了几天，愍怀太子问杜锡说："前几天你做些什么呢？"

杜锡说："我喝醉了酒，什么事都不知道。"太子一定要问到底，还说："你喜欢责备人，为什么自己也做错事呢？"杜锡被问得狼狈不堪，哭笑不得。

后人便将这个故事引申为"如

如坐针毡

| 413 |

坐针毡"一句成语，用来形容穷苦到了极点，处处受人压迫，时时被人捉弄，弄得坐卧不宁、啼笑皆非的这种情况。也形容坐卧不安的样子。

食肉寝皮

典出《左传》襄公二十一年：然二子（齐将殖绰、郭最）者，譬于禽兽，臣（州绰）食其肉，而寝处其皮矣。

春秋时，鲁襄公十八年，晋国征伐齐国，晋国的州绰用箭射中了齐将殖绰，并俘获了殖绰和郭最。

过了3年，州绰因躲避祸难逃奔到齐国。齐庄公对他说，殖绰、郭最如何勇猛。州绰说："他们等于是野兽，早被射死，肉已被吃，皮已做成卧具，怎么能算勇？"

后人用"食肉寝皮"这个典故比喻仇恨极深。

拭目以待

典出《三国演义》第四十三回：先生今为刘备出谋划策，朝廷旧臣，山林隐士，无不拭目以待。

三国时代，曹操的军队占领襄阳后，又星夜兼程直逼江陵，这极大地威胁着江东的孙权和荆州的刘备。江东的孙权派鲁肃为使，前去说服刘备，同心一意，共破曹操。刘备见曹操势大，难以抵敌，也希望联合孙权，共同御敌。为此，刘备派诸葛亮随鲁肃到东吴共商对策。

一日，孙权召集张昭、顾雍等一班文武20余人升堂议事，并请孔明出席。张昭一班人，因惧曹兵势大，力主投降，今见孔明前来出使，料定是来游说，鼓动孙权以抗曹操，因而首先跳出来诘难孔明。张昭口沫横飞地说："先生自比管仲、乐毅，而管仲为桓公之相，治国有方，一匡天下，称霸于诸侯；乐毅扶持微弱的燕国，使之逐渐强大，一下使齐国的70座城池降服，这两个人才真正是济世之才！先生今为刘备出谋划策，朝廷旧臣，山林隐士，无不拭目以待，希望复兴汉室，除灭曹操，然而今天曹兵一出，乃弃甲抛戈，望风而窜，上不能报刘备，下不能安庶民，管仲、乐毅难道是这样的吗？"孔明听了，哑然失笑，说道："复兴汉室，绝非一日之功！一个患了重病的人，先要给他吃稀粥、服平和之药，等到腑脏调和，形体渐安，然后才能以肉食加以补养，以猛药加以治疗。我主刘备向日军败，兵不满千；新野小县，人少粮缺，这正如人染沉疴一样，得慢慢调治。就是在这样的情况下，仍然能博望烧屯，白河用水，使夏侯惇、曹仁等心惊胆裂，就是管仲、乐毅用兵，也不过如此吧！何况胜败乃兵家常事，过去高皇数败于项羽，而垓下一战成功，这不是韩信的良谋吗？"这一番言语，说得张昭无言回答。

后人用"拭目以待"（拭目：擦眼睛）形容期望十分殷切，也表示确信某件事的出现。

踏青恋情

去年今日此门中，人面桃花相映红。人面不知何处去，桃花依旧笑春风。

这首脍炙人口的唐诗，是唐朝诗人崔护有一年清明踏青时写的。它叙述了一个令人惆怅而又美好动人的爱情故事。

在那桃吐丹霞、柳垂金线的清明时节，古代的青年男女们都要到郊外踏青，也就是春游。这种风气在唐朝最为盛行。男女青年踏青时，常常会发生一些爱情故事。崔护的故事便是其中一例。一年清明节，风流潇洒的青年崔护独自到长安郊外踏青赏春。面对花红柳绿的春景，崔护一路赞赏一路吟诗作赋，兴致勃勃。后来，走到一小村庄时，他觉得口渴异常，便来到一家小院，讨碗水喝。院子里种了株桃树，正开得花枝烂漫。小院门打开后，走出来一个年方十七八岁的姑娘。姑娘长得眉清目秀，身材窈窕，那张漂亮的脸在粉红的桃花的映衬下更加娇媚动人。崔护立时被她迷住了。姑娘把崔护

踏青恋情

请进院中，给他倒了一碗水，崔护一边喝水一边打量姑娘，姑娘也偷偷用眼角看崔护。两人目光相遇，似有无限的情意。但是，古代的封建礼法很严，男女授受不亲，单独待在一起被人看见了，要遭非议。崔护匆匆喝完水后，仍不愿离开，那姑娘也有恋恋不舍之意。后来，崔护觉得机会难得，便忍不住大胆地向姑娘表白了自己的爱慕之情，姑娘含羞地接受了。两人约定，第二年清明时再相见。

第二年清明，崔护忆起旧情，十分难忘，便匆匆赶到那户农家小院。当他到的时候，无奈，那姑娘已经不在了，小院门上上了一把锁。但那株桃花依旧开得花枝烂漫，四周的美景也一如往昔，只是人已去，院已空。崔护惆怅万分，闷闷不乐地回来了。回来后，他便写下了前面那首优美动人的诗篇。这首诗很快流传开来，"人面桃花"还成了一个文学典故。这个爱情故事，给多姿多彩的清明节，又平添了一份异彩。

同仇敌忾

这句成语是由"同仇"和"敌忾"组合而成的。"同仇"典出《诗·秦风·无衣》：岂曰无衣？与子同袍；王于兴师，修我戈矛，与子同仇。意思是：谁说没有衣裳？和你同穿战袍。国家出兵打仗，快把武器修好，共同对付仇敌。

"敌忾"典出《左传》文公四年：诸侯敌王所忾，而献其功。意思是：诸侯决心起来讨伐大王（指鲁文公）所痛恨的敌人，上下齐心，打败了敌人后，回来向大王献功。

后人用"同仇"和"敌忾"组合成"同仇敌忾"这句成语，形容怀着无比仇恨和愤怒共同对敌。

痛心疾首

典出《左传》成公十三年：诸侯备闻此言，斯是用痛心疾首，暱就寡人。

春秋时，秦国和晋国互相以婚姻联系（秦穆公夫人是晋献公女儿。后世称联姻"秦晋之好"就源出于此），秦穆公又曾3次替晋国安定君位，晋公子重耳（晋文公）流亡国外，也因秦国相助，得以回国即王位。但由于两国国境相接，双方都要发展自己的势力范围，所以秦晋两国虽属亲戚关系，仍不免发生冲突。从秦穆公到秦桓公的三代中，秦晋两国争战不休。

晋厉公即位后，又因边界发生纠纷，于是两国君王互相约在令狐（故址在今山西省猗氏县西）会面，大家订立盟约。可是秦桓公回国后，立刻又背叛了盟约，约楚国攻白狄（秦国边界的小国，是秦敌国，但与晋却是有姻亲之好），楚国答应了。可是秦国却派人对白狄说："晋国要攻打你们。"楚国也派人对晋国说，秦国背约和楚国修好，要对付晋国。白狄和楚国都洞穿秦国的用心，全恨秦国背信弃义。晋国派吕相去和秦国绝交，对秦国说："各国诸侯如今都知道秦国唯利是图，不守信用，所以大家都愿意和晋国亲近友好。现在晋国已和各国诸侯做好准备。如果秦国愿意订盟约，我晋国可以劝诸侯退兵，否则，我们与诸侯共同对付秦国"。

后人用"痛心疾首"比喻怨恨非常深，极端痛恨。

投畀豺虎

典出《诗经·小雅·巷伯》：取彼谮人，投畀豺虎。

西周末年，由于周幽王的残暴统治，加上接连不断的天灾，使得政局混乱，民不聊生。不少官员眼见这种情况，很焦急，向幽王提出劝谏。但是，幽王及其周围一些奉迎拍马的小人，经常对劝谏者施以酷刑。当时，有一个叫孟子的官吏，因遭人陷害，受了宫刑。孟子对那些造谣生事，诬陷好人的卑鄙小人很痛恨，对幽王不能明辨是非、伸张正义很气愤，于是作了《巷伯》这首诗，以刺幽王。诗中写道：那个诬陷别人的小人，是谁给他出谋划策呢？干脆把这些家伙拉出去喂了豺狼虎豹吧！

投畀豺虎

"投畀豺虎"意即扔给豺虎去吃。人们常用来表示群众对坏人的愤恨。

兔死狐悲

典出《宋史·李全传》：宝庆三年二月，杨氏使人行成于夏全曰："将军非山东归附那？狐死兔泣，李氏灭，夏氏宁独存？愿将军垂盼。"

南宋时期，山东一带处于金兵控制之下，老百姓不堪忍受金兵的压迫，纷纷起兵抗金。杨安儿、李全等领导的几支红袄军，是规模较大的起义军队。

起义军队遭到金军的残酷镇压，杨安儿不幸牺牲。杨安儿的妹妹杨妙真（号称四娘子）率领起义部队转战各地，继续斗争。杨妙真善骑射，自称梨花枪天下无敌手。在红袄军中被称为"姑姑"。后来，杨妙真的起义军与李全的起义军在磨旗山（今山东莒县东南的马山）汇合一起，杨妙真与李全结为夫妻。1218年，他们投归宋朝，部队驻扎在楚州（今江苏省淮安县）一带，继续从事抗金斗争。1227年，他们被南下的金兵包围，战斗失败后投降金军。

1227年，宋朝派太尉夏全率领兵马攻打楚州，李全处境十分危急。杨妙真心想，夏全原先也是山东起义军的将领，可以对他做一番争取工作，于是派人对夏全说："夏将军不也是从山东率众归附宋朝的吗？可是现在，您却带兵攻打我们。狐狸和兔子都是同类，如果狐狸死了，那么兔子就会悲伤哭泣；如果把李全消灭了，难道唯独您能够生存下去吗？希望我们之间不要相互残杀。"夏全终于被说服了。

兔死狐悲

成语"兔死狐悲"即由此演变而来。意思是，兔子死了，狐狸感到悲伤。比喻因同类死亡而感到悲戚。用于贬义。

这句成语亦称"狐死兔悲""狐死兔泣"。

文不加点

典出《后汉书·祢衡传》：射时大会宾客，人有献鹦鹉者，射举卮于衡曰："愿先生赋之，以娱嘉宾。"衡揽笔而作，文无加点，辞采甚丽。

东汉时期的祢衡（字正平，173—198年），恃才傲物，狂放不羁。他瞧不起重权在握的曹操，三番五次地当众羞辱他。有一次，祢衡坐在曹操的营门口，以杖捶地，大骂不止。曹操很气愤，对祢衡的好友孔融说："祢衡这小子，我杀他就像杀死雀鼠一样容易。但是，他素有声名，如果杀了他，人们会说我不能容人。我把他送交给荆州刘表，看刘表怎样对待他。"

祢衡到了刘表那里之后，刘表虽然很欣赏祢衡的才能，但也受不了他的傲慢劲儿。于是，刘表又把祢衡送给性情急躁的江夏太守黄祖。起初，黄祖很器重祢衡，尤其欣赏他写得一手漂亮的文章。他曾经拉着祢衡的手，说："您写的这篇文章，正中我的下怀，说出了我想说而又说不出的话。"

黄祖的长子黄射是章陵太守，同祢衡特别要好。有一次，黄射大宴宾客，有人献来鹦鹉。黄射举杯对祢衡说："请先生写一篇鹦鹉赋，为嘉宾们助助酒兴。"祢衡提笔就写，

文不加点

文章写好后不用改动，文采十分华丽。

"文不加点"就是从这个故事来的。点：以墨涂改。"文不加点"的意思是，文章写好后不用改动。人们用它形容文思敏捷，整篇文章都很完善。

吴牛喘月

典出《世说新语·言语》：满奋畏风，在晋武帝坐，北窗作琉璃屏，实密似疏，奋有难色。帝笑之，奋答曰："臣犹吴牛，见月而喘。"

晋武帝（司马炎）时，有一个叫满奋的人，素来怕冷风，一到冬天，更视西北风如猛虎。有一次，他去见武帝，宫中朝北的窗子是用玻璃（用矿石为原料制成的物体，略透明，有色泽）作屏，这屏做得很密实，但看起来却似很疏松那样。满奋看了，不禁先打了个冷战，口中虽不敢说，面色上却已做出很为难的样子。

武帝见到他这副尴尬的神气，不觉好笑。满奋不好意思地说："臣犹吴牛，见月而喘。"

《世说新语》对"吴牛见月而喘"有如下的解释：在当时，水牛只生长在长江、淮河一带，故称为吴牛。在南方，天气很热，水牛是很怕热的。在晚上见到月亮便以为是太阳，很是害怕，立即气喘起来。所以有"见月气喘"的说法。

后人用"吴牛喘月"形容炎暑

吴牛喘月

酷热，或比喻遇到类似的事物因疑心而胆怯、害怕。

相惊伯有

典出《左传》昭公七年：郑人相惊以伯有，曰："伯有至矣！"则皆走，不知所往。铸刑书之岁二月，或梦伯有介而行，曰："壬子，余将杀带也。明年壬寅，余又将杀段也。"及壬子，驷带卒，国人益惧。

齐、燕平之月壬寅，公孙段卒，国人愈惧。

春秋时期，郑国大夫良霄（字伯有）为人刚愎自用，专横霸道，生活上也很奢侈放荡。他同郑国大臣公孙段、子晳等人有很尖锐的矛盾，经常挥戈相斗，互不让步。鲁襄公三十年（公元前 543 年）七月间，彼此双方争端又起。子晳的侄子驷带率众攻打伯有，把他杀死在卖羊的街市上。

伯有死后，人们迷信地认为，他活着是一个强暴的人，死后必定要变成凶恶的鬼，对他的仇人加以报复。

郑国人因为伯有而互相惊扰，如果有谁说一声："伯有来了！"大家全都撒腿就跑，也不知道应当跑到哪里去才好。有一年，人们把刑书铸到了鼎上。就在那年二月间，有人梦见伯有披

相惊伯有

甲而行，并且说："三月二日，我要杀死驷带。明年正月二十七，我将要杀死公孙段。"到了三月二日，驷带果然死了。第二年正月二十七，适逢齐、燕两国媾和的那一天，公孙段也死了，郑国人更加惧怕伯有了。

"相惊伯有"就是从这个故事来的。它的本意是说，郑国人惧怕伯有的鬼魂。后来，人们用它比喻无故自相惊扰，闹得人心惶惶。

新亭对泣

典出《世说新语·言语》：过江诸人，每至巳日，辄相邀新亭，籍卉饮宴。周侯中坐而叹曰："风景不殊，正自有山河之异。"皆相视流泪。唯王丞相愀然变色曰："当共戮力王室，克复神州，何至作楚囚相对。"

东晋大臣王导，字茂弘，琅琊临沂（今属山东）人。西晋末年，他向琅琊王司马睿献计把朝廷移往南方。司马睿称晋元帝后，王导任丞相。王导是个很有才干的人，深得元帝信任，他与堂兄王敦共掌兵权，镇守长江上游。当时人们说："王家与司马，共同管天下。"

当时有一位名士叫桓彝，刚从北方过江，他见东晋王朝势单薄，心中担忧。他对另一位颇受王导赏识的名士周颢说："我就是看到中原一带战乱纷纷，难以自保，自以渡江南来。不料朝廷势力如此微弱，如何能保护我们呢？"后来，他去见了王导，畅

新亭对泣

谈了一番，回来后，他欣慰地对周颛说："王导是个管仲那样的贤相，晋朝振兴有望，我不再忧愁了。"

建康城南有个新亭，一批跟随晋元帝渡江南下的士大夫们，每周闲暇之时，喜欢邀约着新事聚会。有一次正在饮酒时，周颛怀念起北方，心中难受，就重重地叹息一声，然后说："到处的风光都是如此美好，可是国家的江山却与过去不一样了。"在座的人听周一说，都唤起了对故土的思念，大家无可奈何地默默对视，不觉流下泪来。

大伙儿正在伤感，丞相王导一下子变了脸色，生气地说："大家应当努力同心，辅佐朝廷，收复神州失地，为什么要学楚国囚徒那样哭哭啼啼的呢？"众人听了很惭愧，连忙擦干眼泪，感激丞相的开导。

后人用"新亭对泣"比喻处境困难，含悲忍辱，束于无策；或形容怀念故国故土的哀伤情状。

荀粲熨妇

典出《世说新语·惑溺》：荀奉倩与妇至笃，冬月妇病热，乃出中庭自取冷，还以身熨之。妇亡，奉倩后少时亦卒。

荀粲，三国时期魏国人，字奉倩。荀粲娶骠骑将军曹洪的女儿为妻，夫妻二人感情甚好。冬天，妻子患病身体发热，荀粲自己到院子里把身体冻凉，回来后和妻子贴紧身体给她降温。妻子死后不久，荀

荀粲熨妇

粲也死了。

　　"荀粲熨妇"一典故就是从这个故事来的。后来，人们用它形容夫妻之间感情极深。

怡情悦性

　　典出《红楼梦》第十七回：你们不知，我自幼于花鸟山水题咏上就平平的，如今上了年纪，且案牍劳烦，于这怡情悦性的文章更生疏了，便拟出来，也不免迂腐，反使花柳园亭因而减色，转没意思。

　　大观园修造成功之后，贾珍等来请贾政，要他去园中看看，如有不妥之处再行改造，并且好题匾额对联。贾政听了，沉思了一会儿说："题匾额对联，论理该贵妃（指贾元春）赐题，然贵妃未亲观其景，也难悬拟。但若等贵妃游历之后再题，偌大景致，任是花柳山水，也断不能生色。"跟随贾政的众清客在旁笑着说："现在可根据不同景致拟个灯匾对联挂了，待贵妃游历时最后定夺，岂不两全？"贾政听了道："对，我们且去看看，该题的就题，如若不妥，还可请雨村再拟。"众人听了都笑着说："老爷今日一拟定佳，何必又待雨村。"贾政笑了笑说："你们不知，我自幼于花鸟山水题咏上就平平的；如今上了年纪，且案牍劳烦，于这怡情悦性的文章更生疏了，便拟出来，也不免迂腐，反使花柳园亭因而减色，转没意思。"众清客道，这没有什么关系。我们看了大家都拟，拟得好的就采用。贾政说："这话说得好，就这么办。今天天气和暖，大家去逛逛。"

　　后人用"怡情悦性"表示使心情舒畅悦乐。

倚门而望

典出《战国策·齐策六》：王孙贾年十五，事闵王。王出走，失王之处。其母曰："汝朝出而晚来，则吾倚门而望；汝暮出而不还，则吾倚闾而望。"

齐国有个人名叫王孙贾，15岁做了齐闵王的侍从。有一次齐国与燕国作战，吃了败仗，齐王出奔于莒。但是王孙贾却不知道齐王到哪里去了。他母亲责备他没有像父母关心儿子那样去关心齐王，并以自己关心儿子的心情、行为来教育王孙贾说："你早晨出去，晚上回来，我都靠在家门边来望你；你晚上出去许久不见回来，我就靠在里门口来望你。"王孙贾的母亲还进而斥责他说："你是齐王的侍从，齐王到哪里去了你都不知道，你为什么还要回家来？"王孙贾听了母亲的教训，马上去找。他到了市中，打听到淖齿作乱把齐王杀了，于是就对市上的人说："齐王被淖齿杀了，我一定要诛杀淖齿，愿意同我一道去诛杀淖齿的，请把右臂袒露出来。"当时市上的人跟随王孙贾去诛杀淖齿的，竟有400多人。他们和王孙贾一道去把淖齿杀了，为齐王报了仇。

后人用"倚门而望"或"倚闾而望"来形容父母盼望子女归来的殷切心情。

易水悲歌

典出《战国策·燕策三》："遂发。太子及宾客知其事者，皆白衣冠以送之，至易水上。既祖，取道。高渐离击筑，荆轲和而歌，为变徵之声，士皆垂泪涕泣。又前而为歌曰：'风萧萧兮易水寒，壮士一去兮不复还！'复为慷慨羽声，士皆瞋目，发尽上指冠。于是荆轲遂就车而去，终已不顾。"

战国时期，燕国太子丹在秦国做人质，后来逃回了燕国。他看到秦国即将灭亡六国，秦兵逼近易水，担心大祸临头。他请义士荆轲前往秦国刺杀秦王。

荆轲动身出发了。太子丹及知道此事的门客，都穿着白衣、戴着白帽赶来送行，一直送到易水边上。祭祀完路神，选好道路。高渐离击筑，荆轲和着筑声唱了起来，唱的是变徵的悲调，人们都流泪哭泣。荆轲又走上前唱道："风声萧萧啊，易水清寒，壮士一去啊，不再回还！"接着，乐音又转为慷慨激昂的羽声，人们都愤怒地睁大了眼睛，怒发冲冠。于是，荆轲登车而去，始终没有回头看。

"易水悲歌"就是从这个故事来的。人们用它表现慷慨悲壮、视死如归的气概。也可用以形容别离时的悲凉场面。

忧心忡忡

典出《诗经·召南·草虫》：未见君子，忧心忡忡。

《草虫》是《诗经》里的一篇诗歌的名字。这首诗，可能是周代的一首民谣。《诗序》说："《草虫》，大夫妻能以礼自防也。"但《诗经·召南》上的这首《草虫》并未有此意，只是写了一个女子对丈夫（"君子"）的怀念和相见时的喜悦。诗中写道：没有见到君子，心中忧虑不安。

后人用"忧心忡忡"形容心事重重，不能安静。

忧心如焚

典出《诗经·小雅·节南山》：赫赫师尹，民具尔瞻，忧心如焚。

周幽王，是西周的最后一位国王，公元前781—公元前771年在位。他是我国历史上的一位有名的昏君。在位期间，任用尹氏（师尹）等人执政，政治混乱，势甚危殆。再加上当时严重的地震和旱灾，人民大众流离失所，国家日趋衰败。面对这种情况，家父（亦作嘉甫或嘉父，周大夫，据《春秋》说，"他为桓王时人，上距幽王之死已60余年，这位家父可能是幽王时的一位同名之人）十分忧虑，便写了《节南山》一诗刺幽王。诗中，家父用讽刺的笔法揭露了尹氏的罪行，希望周幽王明察，以延续周室的统治。诗中写道：煊赫显贵的太师尹氏，人民都瞪着眼睛瞧着你，忧愁的心里像烈火在燃烧……"周幽王对大臣们的劝谏根本听不进去，照样重用这些人，加重对人民的剥削。后来，又因宠爱褒姒，废掉申后和太子宜臼。申侯联合犬戎等攻周，周幽王被杀于骊山下，西周遂告灭亡。

"忧心如焚"即愁得心里像火烧。人们常用这句成语形容内心焦虑不安。

怨声载道

典出《后汉书·李固传》：夫义路闭则利门开，利门开则义路闭也。前孝安皇帝内任伯荣、樊丰之属，外委周广、谢恽之徒，开门受赂，署用非次，天下纷然，怨声满道。

东汉顺帝（刘保）时期，有一个人叫李固，字子坚，汉中南郑人。他相貌奇伟，学识丰富，四方有志之士都慕名赶来向他请教。阳嘉二年（133年），发生了地震、山崩、火灾，汉顺帝叫公卿大夫推荐贤才，讨论兴利除弊的治国方策。卫尉贾建向汉顺帝荐举了李固。李固上书分析形势，提出很多建议，多被顺帝采纳。因此，李固被拜为议郎。

但是，当时政治腐败，宦官的势力很大。他们不但可以兼做朝官，还可以传爵给养子，随意荐举人做官。一时间，形成了"无功小人，皆有官爵"的局面，大大激怒了有德有才的士人。李固一派比较耿直的官僚依靠梁皇后家的势力，企图和宦官对抗。

梁皇后的父亲叫梁商，任大将军。他以皇后的父亲的身份执掌朝政，但为人软弱谨慎，没有决断。李固想借助于他的力量改变腐朽的政风，向他上书说："忠义的道路被堵塞，图谋私利的大门就会被打开；图谋私利的大门一旦被打开，忠义之路就完全被堵塞了。从前，汉安帝（刘祜）在内部信任伯荣、樊丰等人，在外部重用周广、谢恽之流，这帮人敞开大门公开接受贿赂，任用官吏根本不讲什么顺序、等第，弄得天下人议论纷纷，怨恨之声充满道路。"

李固建议梁商倡行忠义，任用贤才，端正政风，整顿朝纲，使腐败的社会风气得到改变，以巩固东汉王朝的统治地位。但是，梁商顾虑重重，不敢采纳李固的政治主张。

"怨声载道"也作"怨声满道"，就是从这个故事来的。它的意思是，怨恨之声充满道路。人们用它形容对统治者强烈不满，怨恨之声到处有。

怨天尤人

典出《论语·宪问》：子曰："莫我知也夫！"子贡曰："何为其莫知子也？"子曰："不怨天，不尤人，下学而上达，知我者其天乎！"

春秋时期的孔子，是一个很有学问、极有修养的人。但是，他总觉得不被重用，有时也发起牢骚来。

有一次，孔子说："没有人了解我啊！"他的学生子贡说："怎么能说没有人了解您呢？"孔子说："我不埋怨天，也不责备人，下学礼乐而上达天命，了解我的只有老天爷罢了！"

"怨天尤人"就是从这里来的。尤：怨恨，归咎。"怨天尤人"的意思是，既怨天，又责人。人们用它形容牢骚满腹，埋怨一切。

糟糠之妻

典出《后汉书·宋弘传》：时帝姊湖阳公主新寡，帝与共论朝臣，微观其意，主曰："宋公威容德器，群臣莫及。"帝曰："方且图之。"后弘被引见，帝令主坐屏风后，因谓弘曰："谚言贵易交，富易妻，人情乎？"弘曰："臣闻贫贱之知不可忘，糟糠之妻不下堂。"帝顾谓主曰："事不谐矣。"

后汉光武帝时，有个大夫宋弘，为人正直而不徇情。当时光武帝需要一个博学多闻的人在身边服务，宋弘就将桓谭介绍给光武帝，并对光武帝说："桓谭的学问可以与西汉时的扬雄和刘向媲美。"于是光武帝便拜桓谭为给事中，专门在其身边服务，每次宴会，都叫桓谭鼓琴，可是桓谭常常用淫秽的郑国音乐去愉悦光武帝。这件事给宋弘知道了，立即叫桓谭来见他，责备他不应将不好的音乐给皇帝听。后来又向光武帝谢罪，说："我荐桓谭的本意是希望以忠正辅导王室，现在满朝中都听郑声，这实在是我的罪过。"光武帝立即罢免了桓谭，并说这是他自己的错误。从此更钦佩宋弘做人的作风。

当时，光武帝有个姐姐湖阳公主死了丈夫，她很敬慕宋弘，光武帝便单独召见宋弘，对他说："俗话说：一个人地位高了，就能改交另一批高贵的朋友；一个发了财的人，就要将

糟糠之妻

原来的妻子换个新的。你觉得这是人的常情吗？"宋弘说："我听说一个人在贫贱时交的朋友，不应该忘记；和自己共患难的妻子，无论环境变得如何富有，也不能将她抛弃。"光武帝和公主听他这样说，只得放弃自己的主张。

后来的人便将宋弘这两句话引申成"糟糠之妻"一句成语，比喻贫贱时娶的妻子，到富贵时不要遗弃共患难的妻子。

泽神委蛇

典出《风俗通·世间多有见怪惊怖以自远者》：齐公出于泽，见衣紫衣，大如毂，长如辕，拱手而立。还归寝疾，数日不出。有皇士者见公语，惊曰："物恶能伤公？公自伤也。此所谓泽神委蛇者也，唯霸王乃得见之。"于是桓公欣然笑，不终日而病愈。

齐桓公外出，路过一片大泽，看见一个身穿紫色衣服、粗如车毂、长如车辕的怪物拱手而立，受了惊吓，回宫后就病倒在床，好几天不能外出。

齐国人皇士见到桓公，听他叙述后惊喜地说："怪物那能伤害您呢？是您自己惊吓自己了。这是泽神——委蛇，只有称霸诸侯的人才能见到啊！"

于是齐桓公高兴地笑起来，当天病就好了。

"泽神委蛇"这个典故说明齐桓公病得快，好得也快，都是心理作用。后来人们用此典故比喻心理作用的力量。

昭君出塞

和亲是中国封建统治者与周围少数民族缓和矛盾，促进民族经济文化交流的重要手段之一。最早的和亲是汉高祖刘邦以宗室女嫁给匈奴单于。和亲次数多的是汉朝与唐朝。

汉朝最著名的和亲是汉元帝把王嫱按公主的礼节嫁给匈奴呼韩邪单于。王嫱本名昭君，入宫后改名嫱，她出身于小康人家，知书达理。在后宫，她只是个宫女，但却很识大体，听说要在宫女中选人去匈奴和亲，她主动要求去，得到了元帝的同意。元帝特别命人请了匈奴妇女来给王昭君讲匈奴的风俗习惯、妇女的礼节，还教她匈奴话；还找来许多乐工，教她琵琶、胡琴等。昭君天生聪颖，很快就学会了。

一切都准备就绪之后，呼韩邪单于亲到长安迎娶。新郎新娘以父礼拜见汉元帝，得到许多赏赐。新婚之后，夫妻离开长安，文武百官代替皇帝送出十里长亭。在向匈奴进发的路上王昭君写了一首琵琶曲《昭君怨》，诉说自己离开中原、永别父母的忧伤。

王昭君远嫁匈奴，带去了许多先进的生产工具、良种、医药和大量的中国书籍，使匈奴地区的农业生产有了进一步的发展，文化进一步汉化，促进了匈奴的社会发展。

呼韩邪单于很仰慕汉族文化，很尊重昭君，夫妻两人感情很融洽。呼韩邪单于死后，根据匈奴习俗，昭君又嫁给了新立的单于。昭君连续做了两代单于之妻，在匈奴极富人望。她死后，匈奴人根据她的遗嘱，在归化（今呼和浩特）一块向阳的风水宝地，坐北朝南地为她修了座坟。沙漠地区干旱寒冷，大多数地方只在夏季很短的一段时间才长青草。但昭君墓得天独厚，一年中大部分时间翠草葱茏，因此人们称昭君墓为"青冢"。

至死靡他

典出《诗经·鄘风·柏舟》：泛彼柏舟，在彼中河。髧彼两髦，实为我仪。之死矢靡它，母也天只！不谅人只！泛彼柏舟，在彼河侧。髧彼两髦，实为我特。之死矢靡慝，母也天只！不谅人只！

全诗的意思是：那双水上漂荡的柏木船，它正划向河中间，船中有个两边披着散发的青年，就是我理想中的伴侣。我的主意到死也不变，我的妈呀！我的天！人家的心思你就看不见。那双水上漂荡的柏木舟，它靠在河的那边，划船的那个梳着长发的青年，才是我真正的匹配的人。我对他到死也不会变心。我的妈呀！我的天！人家的心思你都看不见。

后人用"至死靡他"比喻男女之间真挚的感情。

中流击楫

典出《晋书·祖逖传》：仍将本流徙部曲百余家渡江，中流击楫而誓曰："祖逖不能清中原而复济者，有如大江！"辞色壮烈，众皆慨叹。

东晋时候的祖逖，是一位仗义豪侠、忧国忧民的志士，他看到国家失去了北部大面积的地盘，非常痛心。他决心为国家收复失地，重振国威。

晋元帝司马睿在建康定都的时候，祖逖在京口召集了一些勇士，准备北上抗击外族的侵略。他上书晋元帝说：

"晋朝所以遭到侵略，是由于藩王争权，自相诛灭，才给敌人造成机会。今天百姓在外族的欺压之下，都有奋击之志、报国之心，您如果能够发威命将，让我做统帅，则各方豪杰都会投奔而来，敌兵去除，国耻可雪……"

皇帝答应了祖逖的请求，命他为奋威将军、豫州刺史，拨给他1000人的给养、3000匹布，让他自己去招募兵卒、制造兵器。

祖逖准备停当，带领部下100多家，渡江北上。船离开南岸，渐渐划到大江中流，大家回望南土，心中都很激动。祖逖望着江心的浪花，手敲着船桨，向众人发誓说：

"我祖逖如果不能肃清中原的贼寇，收复失地，就如江水一样，一去不回！"

"对，我们都跟着你，不打败敌人决不回家！"船上的勇士们都鼓足了勇气，发誓报效国家。

祖逖过江之后，先造兵器，后招兵马，成千成万的人闻讯而来，很快就组成了一支强大的军队。

祖逖勇敢善战，很会用兵，加上他对待部下、士卒体贴入微、关怀备至，士卒愿意为他出生入死、舍命战斗。所以接连打了几个胜仗，收复不少城池，不久黄河以南又成为晋朝疆土。祖逖对待有功的军士当天就奖赏；对待投降的敌军将士以礼相待；鼓励百姓植桑种地，自己也叫家人、子弟种地务农，上山砍柴；对战死的士卒收尸埋骨，亲自祭奠。他的这些做法深得老百姓拥护。老百姓自发地为祖逖举行庆功大会，称他为"重生父母"有人编出民谣赞颂他：

幸战遗黎免俘虏，三辰既朗遇慈父。

玄酒忘劳甘瓠脯，何以咏恩歌且舞。

晋元帝听说祖逖屡建功绩，也很高兴，封他为镇西将军。

成语"中流击楫"就是由此而来，后人用它形容忧国忧民的慷慨之情。

抱头鼠窜

典出《汉书·蒯通传》：始常山王（张耳）、成安君（陈余）故相与为刎颈之交，及争张黡、陈释之事，常山王（张耳）奉（捧）头鼠窜，以归汉王（刘邦）。

楚汉相争时，曾跟随项羽的韩信看到项羽有勇无谋，又不善于用人，便归附了刘邦。在萧何的极力推荐下，刘邦重用了韩信。在刘邦和项羽于荥阳、成皋间对峙时，韩信率军抄了项羽的后路，破赵取齐，占据了黄河下游之地。后被刘邦封为齐王。

这时，有一个叫蒯通（蒯通本名叫蒯彻，因和汉武帝刘彻重了个"彻"字，所以后人追书为蒯通）的人来见韩信。他对韩信说："楚汉相争已经几年了，可仍然这么僵持着，他们之间究竟谁胜谁败，大王有举足轻重的作用。你不如谁也不帮，谁也不靠，以齐地为根据地，和他们三分天下，然后再图谋统一全国。"韩信听罢，说："汉王待我这么好，我怎么能忍心背叛他呢？"蒯通说："当初常山王张耳和陈余是割了脑袋都不变心的好朋友，可是张耳在被迫无奈的情况下，抱头鼠窜，归顺了汉王，并借汉王之兵消灭了陈余。现在大王和汉王的交情不见得比张耳和陈余的交情深。古人说得好：'飞鸟尽，良弓藏；狡兔死，走狗烹。'大王的功劳太大，汉王没法赏您；大王的威名只能叫汉王害怕。我真替大王担心啊！"虽经蒯通反复劝说，韩信终不肯背叛汉王。

后来，刘邦消灭了项羽，平定了天下。但韩信却以谋反罪被吕后诛杀。临死前，韩信感叹地说："我悔不该当初不听蒯通的劝告，以致死在妇人小子之手。"

"抱头鼠窜"这句成语原来是形容常山王张耳窘迫逃亡，如老鼠逃窜的情形。

后人用这个典故比喻敌人逃跑时的狼狈相。

暴跳如雷

典出《孔雀东南飞》：我有亲父兄，性情暴如雷，恐不任我意，逆以煎我怀。

刘兰芝17岁那年嫁给焦仲卿为妻。他到焦家上侍公婆，下抚弟妹，殷勤周到。可恨她婆婆性情很古怪，苛刻凶狠。她规定刘兰芝每天除做家务事外，还要织绢5匹。刘兰芝起早摸黑、累死累活地做完了这一切，她婆婆还不满意，硬要把她赶回娘家去。刘兰芝与焦仲卿感情深厚，不忍分离。焦仲卿向他母亲跪拜求情，要求留下兰芝，但焦母十分专横，非要焦仲卿休弃刘兰芝另娶不可。

在焦母的威逼下，焦仲卿不得已，只好对刘兰芝说："我本来舍不得您，但母亲威逼太甚，我实在无法，只得望您回家暂避一下，过些日子我再来接您。"

两人含泪相叙，难舍难分。临别之时，夫妻俩都坚决表示：男不再婚，女不再嫁，彼此从一而终。可兰芝想：回家之后，母亲面前倒还好说，哥哥那关就难过了，因此她对焦仲卿说："我有亲父兄，性情暴如雷，恐不任我意，逆以煎我怀。"（意思是：我哥哥性情暴躁蛮横，回家之后，恐怕由不得我，很可能不能使我如愿。）

事情果如刘兰芝所料：回家之后，她哥哥立即逼她改嫁；兰芝不从，就在一个晚上投水自尽了。焦仲卿得到兰芝自尽的噩耗之后，悲恸欲绝，也于当天晚上在花园中自缢而死了。

后来"性情暴如雷"中的"暴如雷"被说成"暴跳如雷"。

后人用"暴跳如雷"表示急怒得蹦跳呼喊，好像打雷一般猛烈，用来形容人又急又怒的样子。一般含贬义。

比干宰相

典出《封神演义》第二十、二十七回。

比干，相传为殷纣王的叔父，官至宰相。

一次，狐狸精妲己邀请狐群变作神仙赴宴，结果露出了狐狸尾巴，被比干宰相识破。比干与武成王黄飞虎烧死了洞穴里的狐狸，还将尚未烧焦的狐狸皮制一件袍献给纣王。想以此教训妲己，使妖精不敢再捣乱；同时让纣王悔悟，不再迷恋妖精。妲己见到狐狸皮袄是用她子孙的皮制作的，不觉刀剜肺腑，火燎肝肠，暗骂："比干老贼！你烧死我的子孙不算，还来欺侮我。我不把你的心剜出来，也没脸当王后了！"于是，她伙同九头雉鸡精胡喜媚，设计陷害比干宰相。

这天，纣王正在左拥妲己，右抱喜媚，饮酒作乐。妲己突然大叫一声，跌倒在地，口喷血水，闭目不言，面皮俱紫。喜媚说她这种心病，只有用一片玲珑心煎汤吃下去才能治好，并说朝中只有比干宰相有玲珑七窍之心。荒唐透顶的纣王连忙把比干召来。

比干自知此去凶多吉少。他按照姜子牙的吩咐，做了如此这般的准备，然后穿上朝服，上朝面见纣王，怒责昏君听信妖言，陷害忠良。无奈纣王昏迷不悟，不听劝谏，传令武士拿下比干，取出心来。比干怒不可遏，接过利剑，自往脐中刺入，将腹剖开，掏出心来，往下一掷，回身跑出午门，上马往北门去了。

大约走了几里路，路旁有个妇女手提筐篮，叫卖"无心菜"。比干忽然听见，勒马问她："人若是无心，会怎么样？"妇女答："人若无心，即死。"比干听她这么一说，大叫一声，撞下马来，一腔热血溅尘埃，当即死亡。

"比干宰相"就是根据这个故事而来的。形容心神不定、失魂落魄的样子。

不卑不亢

典出《红楼梦》第五十六回：他这远愁近虑，不抗（亢）不卑，他们奶奶就不是和咱们好，听他这一番话，也必要自愧的变好了。

一天吃过早饭，平儿到探春处聊天。平儿、探春和宝钗三人取笑了一回，便谈起正经事来。

探春认为她们住的园子应该改变一下管理办法，应从园子里的老妈妈中拣出几个老成本分、懂得园圃的人收拾料理。这样，一则有专人培养花木，园子会一年好似一年；二则不致白白糟蹋东西；三则老妈妈也可得点额外收益，不枉成年在园中辛苦；四则可以节省勤杂人员的开支。用这个办法可把园子管理得更好。宝钗点头笑道："善哉……"李纨也说："好主意……"平儿说："这件事须得姑娘说出来。我们奶奶虽有此心，未必好出口。"宝钗听了，忙走过来，摸摸平儿的脸笑道："你张开嘴，我瞧瞧你的牙齿舌头是什么做的？从早起来到这会子，你说了这些话，一套一个样子。也不奉承三姑娘，也不说你们奶奶才短想不到；三姑娘说一套话出来，你就有一套话回奉，总是三姑娘想得到的，你们奶奶也想到了，只是必有个不可办的原因——这会子又是因姑娘们住的园子，不好因省钱令人去监管……他这远愁近虑，不抗（亢）不卑，他们奶奶就不是和咱们好，听他这一番话，也必要自愧的变好了。"

后人用"不亢不卑"来表示既不高傲，也不自卑。"不亢不卑"也作"不卑不亢"。

步步金莲

南唐最后一个皇帝李煜对治理国家一窍不通，但却是个风流才子，琴棋书画、诗词歌赋无所不通。他尤其擅长的是填词和音乐。他的词在中国诗歌史上独树一帜，自成一派，有很高的研究价值。

有一天，李煜来到秦淮河上游玩，小船在轻风明月下慢慢荡漾，两旁是灯红酒绿的歌舞场。忽然，一阵歌声随风飘来，清脆婉转，娓娓动听。仔细一听，他才听出唱的正是自己写的《望江南》，于是便命随从驾船循声寻找那歌女。找到一家歌舞伎院，一看，唱歌的是一个妙龄少女，长得亭亭玉立，花容月貌。李煜一见她，就非常喜欢，又看她能歌善舞，就把她带回宫去。此后，常常是李煜填词作曲，她依照词曲载歌载舞，两人相得甚欢。

这年秋天，风和日丽，李煜带着她在一片盛开的荷花池赏景。只见池内莲花朵朵，绿叶婆娑，美丽极了。李煜看得出了神，随口说："如是有人脚如红菱，能在这摇摆的荷花上歌舞，真有如仙女一样了！"她听了，心中一动。回到宫中，她就用长长的绸带把自己的脚缠成红菱形状，然后命人用金箔打造了 8 朵荷花。

一切都准备好了，她就请李煜前来饮酒。酒席宴上，她命人推上 8 朵金荷花，自己脱去鞋子，露出缠得尖尖的脚，在荷花上轻歌曼舞起来。她时而长舒广袖，时而轻盈跳跃，细腰袅袅，舞姿翩翩。李煜在一旁看得心旷神怡，不觉叹道："真是步步金莲啊！"

从此，人们常把女人的脚叫"金莲"。据说也是从那个时候起，中国的女人以缠足为美，而且缠得越小越尖越好。一个荒唐的君王的一句话，给中国妇女带来了 1000 多年的痛苦！

侧目而视

典出《战国策·秦策一》：妻侧目而视，倾耳而听。

战国时代，苏秦到秦国游说，劝秦惠王实行连横的策略。苏秦的意见没被秦王采纳，做不了官，只好垂头丧气地回到洛阳老家。当他走进家门的时候，家里的人都瞧不起他。妻子坐在织布机上不理睬他。嫂嫂不给他做饭，就连他的父母也不愿同他讲话。

过了一年，苏秦又到赵国去见赵王，献合纵之策。苏秦主张赵国联合齐、楚、燕、韩、魏等国共同对付日益强大的秦国。赵王认为他这个策略很好，便封他为武安君，拜他做相国。

苏秦做了大官之后，路过洛阳，他父母得到消息，到城外 30 里的地方去迎接他。他的妻子吓得恭恭敬敬地站在一边，斜着眼看苏秦，侧着耳朵听苏秦讲话，不敢正视苏秦。他的嫂嫂则跪拜在地，十分谦恭地迎接苏秦。苏秦见嫂嫂这样谦恭，就笑着说："嫂嫂为什么以前那样怠慢我，今天却对我如此恭敬呢？"

后人用"侧目而视"来形容不敢正视，以表示敬畏的情态。也用来表示斜着眼睛看，形容愤怒的样子。

察言观色

典出《论语·颜渊》：质直而好义，察言而观色，虑以下人。在邦必达，在家必达。

孔子有个学生名叫子张，有一次他去问孔子："读书人要怎样才能做到'达'？"孔子觉得子张的询问很不明确，就反问道："你所谓的'达'是什么意思？"子张说："做官的时候要有名望，居家的也一定要有名望。"孔子听了，摇摇头说："这个叫'闻'，不叫'达'。什么叫'达'呢？质直而好义，察言而观色，虑以下人。在邦必达，在家必达。"（意思是：品质好，遇事进道理，又善于辨别人的言语，观察别人的脸色；在思想上〔遇事〕愿意对别人让步。这种人，做官的时候就事事行得通，居家的时候也一定事事行得通。）子张听了，点点头说："老师，我懂了。"

后人用"察言观色"（察：仔细看）表示仔细观察别人的言语表情，见机行事。

叱咤风云

典出唐骆宾王《为徐敬业讨武曌檄》：敬业，皇唐旧臣，公侯冢子，奉先君之成业，荷本朝之厚恩。宋微子之兴悲，良有以也，袁君山（应作"桓君山"）之流涕，岂徒然哉？是用气愤风云，志安社稷，因天下之失望，顺宇内之推心，爰举义旗，以清妖孽。南连百越，北尽三河，铁骑成群，玉轴相接。海陵红粟，仓储之积靡穷；江浦黄旗，匡复之功何远？班声动而北风起，剑气冲而南斗平。喑呜则山岳崩颓，叱咤则风云变色。以此制敌，何敌不摧？以此图功，何功不克？

叱咤风云

骆宾王，与卢照邻、王勃、杨炯诗文齐名，是"初唐四杰"之一。他在政治上很不得志，只担任过武功主簿、侍御史等官职。684年，武则天废唐中宗（李显）准备自立，大肆杀戮李唐子孙，统治阶级内部矛盾进一步激化，被贬为柳州司马的徐敬业带头起兵反抗。在徐敬业军中任艺文令的骆宾王，便替他起草了讨武曌檄，对武曌的政治面目和私生活都进行了无情的揭露，并把它列为罪状公之于众，而描绘徐敬业一方则大义凛然，气壮山河，充满必胜的信心。

骆宾王写道："徐敬业是大唐的旧臣，公侯的直系子孙，继承先辈李（徐敬业的祖父，因辅佐唐太宗建立唐朝有功，被赐姓李）的功业，蒙受朝廷厚恩。春秋时，宋微子（名启）朝周，路过殷故都，见一片荒草蓬蒿，触景伤怀，确实有缘由；东汉光武帝（刘秀）时，桓谭（字君山）因上书评论时政，遭到贬斥，他痛哭流涕，郁郁而死，难道是平白无故的感伤吗？因此，由于气愤而激起风云，目的在安定国家。趁着天下百姓对武氏的失望情绪，顺应海内民众的意愿，高高地举起义旗，决心清除妖孽。南至百越（越：南方少数民族的总称），北达三河（指汉代所设河南、河东、河内3郡，地域相当于今河南、黄河南北及山西一部），铁骑成群结队，战车首尾相接。海陵（今江苏泰县。汉代吴王刘濞曾置仓积粟于此）的红粟，仓廪的储积，无穷无尽，江浦（今属江苏省）一带，黄色的义旗遍布原野，匡复天下的大功，指日可待。马打盘旋，长鸣不已，如同北风卷起；剑光闪闪，直冲云天，与南斗（即斗宿，28个星宿之一）相齐。怒气勃发，可使山丘崩摧；气愤呼号，可使风云变色。用这样的军队对付敌人，什么样的敌人不能摧毁；用这样的军队建立功业，什么样的功业不能完成！"徐敬业的讨伐没有成功，被武则天镇压下去了。据说，后来武则天见到骆宾王撰写的这篇檄文时，很赞赏骆宾王的才华。

"叱咤风云"就是从这个故事来的。叱咤：怒斥；呼喝。人们用"叱咤风云"形容声势威力之大。

出水芙蓉

典出南朝梁钟嵘《诗品》：谢（灵运）诗如芙蓉出水。

南朝宋时，有一位著名的诗人叫谢灵运，原籍陈郡阳夏（今河南太康），后移籍会稽。他幼时寄养于外，族人都称他为客儿，世称谢客。晋末，谢灵运袭封康乐公，入宋以后，曾任永嘉太守、侍中、临川内史等职。

谢灵运诗才出众，其诗大都描写会稽、永嘉、庐山等地的山水名胜，善于刻画自然景物，开创了我国文学史上的山水诗一派。谢灵运的诗善于铺陈雕琢，某些篇章真实地反映了山川景物的自然美，给人以清新可爱之感。文

出水芙蓉

学批评家钟嵘的《诗品》中说：谢灵运的诗像芙蓉出水一般清新可爱。（芙蓉，是荷花的别称）。

"出水芙蓉"即刚长出水面的荷花。这句成语原比喻诗写得清新。后常用来比喻女性的美丽。

车水马龙

典出《后汉书·明德马皇后纪》：前过濯龙门上，见外家问起居者，车如流水，马如游龙。

意思是说：日前经过濯龙园门外时，见到马后的娘家问安的人极多，门前的车像流水般络绎不绝，马儿连着马儿像游龙那么长。

到了南唐时，最有名的大词人李后主，在他的作品中也有过这样的句子。原来李煜在金陵（今南京）接皇位后，外有强敌（宋朝）压境，内则国库空竭，已是十分危殆。不久，宋朝两度派人强迫李煜赴宋，李煜均加拒绝，后来宋便用武力将金陵攻陷，李煜终成了宋太祖的阶下之囚。在拘禁之中，李煜感到孤独、寂寞、悔恨和凄凉，在这种悲惨的囚徒生活中，他只有晚上在梦中才能忘记白天的处境，在往事的眷恋中陶醉一下。他写了一篇《望江南》的词说：

多少恨，昨夜梦魂中。还似只时游上范，车如流水马如龙。花月正春风。

李煜尝够了亡国之苦，心中有着"多少恨"！过去的生活多么热闹："车如流水马如龙"，又多么美丽："花月正春风"，但这一切都只能重温在"梦魂中"！亡国的人那是多么凄凉呀！

后来的人，便把这句话简化为"车水马龙"一句成语，用来形容车马众多、络绎不绝的热闹情况。

垂头丧气

典出唐韩愈《昌黎先生集·送穷文》：主人于是垂头丧气，上手称谢。烧车上船，延之上座。又见《新唐书·宦者列传》：自见势去，计无所用，垂头丧气。下面的故事从《新唐书》。

唐朝末年，由于藩镇割据，中央的政治统治既软弱又腐败。唐昭宗李晔名为皇帝，实际上是个傀儡。当时，割据京城长安周围地区的是军阀李茂贞，割据黄河中下游地区的是军阀朱全忠（即朱温）。由于这两股军阀势力比较强大，影响着朝政，所以朝中臣僚也分成了两派：一派以宦官韩金海为首，站在李茂贞一边；一派以宰相崔胤为首，站在朱全忠一边。

天复元年（901年），朱全忠为了代唐自立，兵逼长安。李茂贞、韩金海等挟持唐昭宗逃到凤翔（今陕西宝鸡至周至一带）。朱全忠率军继续西进凤翔，李茂贞抵挡不住，连吃败仗，搞得粮尽箭完，连昭宗皇帝也饿肚皮了，只好和朱全忠讲和。这时，韩金海难堪极了，他是依附李茂贞的，又是朝中的宦官，现在，皇帝和李茂贞都要讲和了，他自己见大势已去，又无计可施，只好垂头丧气地等候朱全忠发落。后来，在朱全忠的威逼下，李茂贞交出了唐昭宗，并杀了韩金海等人。

"垂头丧气"即低着脑袋，无精打采。人们常用这句成语形容失意沮丧，萎靡不振的样子。

垂头丧气

春风得意

典出唐·孟郊《登科后》诗：昔日龌龊不足夸，今朝放荡思无涯。春风得意马蹄疾，一日看尽长安花。

唐朝时候，有一位著名的诗人，名叫孟郊，是河南洛阳人。最初在高山隐居，称为"处士"，性情十分耿直，因此很少人和他合得来，只有大诗人韩愈和他一见如故，故后人有"韩孟"之称。他们两人在诗的风格上，也有相近的地方，常常唱和于诗酒之间。

孟郊的遭遇很不如意，这从他的诗里那些特多的怨、伤、愁、病、饥、限之类的字句可以看出来。他曾两次考进士不第，直至贞元（唐德宗年号）十二年，才考中了进士，那时他差不多已经50多岁了，穷困的生活磨失了他旷达的气度，考中进士以后才开朗起来，他高兴地作了一首《登科后》的绝句，表达他当时愉快的心情。那首诗说："从前那窘迫的日子是不值得夸耀的，今天我的心情忽然开朗了，才觉得皇恩没有边际。我愉快地骑了马儿奔驰在春风里，一天的时间就将长安的花儿看完了。"

后人用"春风得意"形容考上进士后的得意心情，也用来形容官场腾达或事业顺心洋洋得意的样子。

从容不迫

典出《庄子·秋水》：鱼出游从容，是鱼之乐也。

战国时，有一位哲学家叫庄周，宋国蒙（今河南商丘市东北）人。他做过蒙地方的漆园吏，因家境贫困，曾借粟于监河侯（官名），但拒绝了楚威王的厚币礼聘。庄周继承和发展了老子"道法自然"的观点，认为"道是无限的"，强调事物的自生自灭，否认有神的主宰。他的思想包含着朴素辩证法因素。庄周著有《庄子》一书。

在《庄子·秋水》中，记载着这样一段有趣的对话：有一天，庄周和他的好友惠施在濠梁之上观鱼。庄周说："鱼在水里从容不迫地游，这是鱼的快乐啊！"惠施说："你又不是鱼，怎么知道鱼的呢？"庄周说："你也不是我，怎么知道我不知道鱼的呢？"惠施说："我不是你，固然不知道你，但你总不是鱼，不可能知道鱼的快乐是无疑的。"

后人用"从容不迫"形容不慌不忙，非常镇静。

大发雷霆

典出《三国志·吴书·陆逊传》：今不忍小忿而发雷霆之怒。

孙权称帝，国号吴，建都建业（今江苏南京）。当时，曹魏的当权者是魏明帝曹叡。曹叡是个荒淫无度又无真才实学的家伙，曹氏政权已失去了武帝曹操、文帝曹丕时的生气。魏国的辽东太守公孙渊见此情形，便偷偷地跟孙权结成同盟，孙权封他为燕王。但是，辽东和建业相距遥远，公孙渊担心一旦被魏国攻打，远水解不了近渴，和孙吴结盟并非上策，于是又背弃盟约，杀了吴国的使臣。

消息传到东吴，孙权大怒，准备马上派大军渡海远征，讨伐公孙渊。名将陆逊见此情形，上书劝阻。陆逊指出：公孙渊凭借着险要的地势，背弃盟约，杀我使臣，实在令人气愤。但现在天下风云变幻，群雄争斗，如果不忍小忿而发雷霆之怒，恐难实现夺取天下的愿望。我听说，要干大事业统一天下的人是不会因小失大的。孙权觉得陆逊的意见很对，便取消了讨伐公孙渊的计划。

后人用"大发雷霆"比喻大发脾气，高声斥责。

大腹便便

典出《后汉书·文苑列传·边韶》：边孝先，腹便便。

东汉桓帝的时候，有一位教书先生，名叫边韶，字孝先，曾做过临颍侯相、太中大夫，后来迁为北地太守、尚书令。在他教书的那几年，曾发生过一件有趣的故事。

边韶勤奋好学，年轻的时候就已经以文章而知名于世了。他招收几百名学生，尽心尽力地给学生们讲书、批文。不过边韶有一个小毛病，喜欢打瞌睡，因为他身子胖，肚皮有些大，行动不那么敏捷，平时总是懒洋洋的样子，学生们看了常常偷着笑他。

有一天，边韶讲了一阵子书，累了，便朝学生摆摆手："去吧，背书去吧！"他自己把肥胖的身子往后一仰，和衣躺在木床上，一会儿工夫就鼾声大作，呼呼地睡过去了。学生们看到他挺着肚皮睡熟了，几个人凑在一块，给老师编了一段顺口溜儿：

边孝先，腹便便，

懒读书，但欲眠。

学生们一边念，一边哄笑，把先生吵醒了。他听了学生为自己编的顺口溜儿，觉得挺有趣儿，在地上踱了两圈儿，忽然灵机一动，提笔也写了一首顺口溜，自己摇头晃脑地念起来：

边为姓，孝为字。

腹便便，五经笥。

但欲眠，思经事。

寐与周公通梦，

静与孔子同意。

师而可嘲，

出何典记？

他的这首顺口溜儿大意是说：

"我的肚子是大了点，不过里边装的尽是经书。我是爱睡觉，可是我在梦中会见周公。即使有片刻安静的时候，我也念记孔子的教诲哩！你们嘲笑先生，这规矩见于哪家的经典哪？"

学生们听他这一说，都惊得目瞪口呆，想不到先生有这样的才华，出口成章，做顺口溜儿也会教训人！那几位恶作剧的学生，也窘得满面透红，偷偷溜出门外，老实地背书去了。

后人从中概括出"大腹便便"这句成语，用来形容人的肚子大。

便便：肥满的样子。

"大腹便便"有时也写作"便便大腹。"

大笑绝缨

典出：《史记·滑稽列传》

战国时，楚国派大军攻打齐国。齐王十分焦急，派大臣淳于髡前往赵国请求救兵。出发前，齐王拿出准备献给赵国的礼物，计有黄金百斤，4匹马拉的车10套。淳于髡看了，仰天大笑，笑得浑身发抖，连系帽子的带子都断了。

齐王见他如此，很奇怪，问道："先生笑什么？是不是认为这些礼物太少？"淳于髡说："我哪里敢嫌东西少呢？"齐王很不高兴地追问道："那你为什么笑呢？"淳于髡说："今天我从东方来，路上遇见一个在拜佛求神，请神佛保佑今年的收成。那个人准备的祭品很简单，只有一只猪蹄，一碗淡酒。但我听见他在祝告时希望今年粮食丰收，家里的粮食多得吃用不尽。我见此人献祭的东西那么少，而他向上天乞求的东西又是如此之多，实在可笑。刚才我就想起了这件事，所以才大笑起来。"

齐王听了淳于髡讲的故事，明白了他是在提醒自己既然向赵国请求救兵，送礼时就不能太吝啬。他赶快命人又添加黄金千镒（古代重量单位，合当时的 20 两）、白璧（平圆形中间有孔的玉）10 双、4 匹马拉的车 10 套。

大笑绝缨

后人用"大笑绝缨"形容为某种可笑的事而大笑、狂笑等。

低首下心

典出唐韩愈《祭鳄鱼文》：刺史虽驽弱，亦安肯为鳄鱼低首下心为民吏羞，以偷活于此邪?

唐代中叶的大文学家韩愈，曾经因谏迎佛骨，惹恼了唐宪宗，要判他死刑，幸好宰相裴度救了他，宪宗才改判他到潮州去做刺史。他到任之后，便到民间去了解人民的疾苦，他听说鳄鱼聚在恶溪，时常伤害人畜，害得老百姓们不能够安居乐业。于是韩愈写了一篇《祭鳄鱼文》，派部下们带着一头猪和一只羊，投进恶溪的潭水里，让鳄鱼们吃个痛快，然后又限令它们至迟在一个星期的时间，要全部迁到南面的大海里去生活，如果不听从的话，就要挑选精明干练的射手，用犀利有毒的箭把它们全部杀光。

《祭鳄鱼文》中有"刺史虽驽弱，亦安肯为鳄鱼低首下心"的句子，后来的人就引用"低首下心"这句话，形容俯首听命的样子。

冬日可爱

典出《左传》文公七年：狄侵我西鄙，公使告于晋。赵宣子使因贾季问酆舒，且让之。酆舒问于贾季："赵衰、赵盾孰贤？"对曰："赵衰，冬日之日也；赵盾，夏日之日也。"

杜预注曰：'冬日可爱，夏日可畏。'

春秋时期，晋国的国君晋襄公死后，太子夷皋应该继承君位，但是夷皋还是在襁褓中的婴儿，无法执政。当时国家又处在困难的局势下，齐国、狄国和楚国的军队正在讨伐它，所以大臣们主张拥立年岁大的公子雍为晋国国君。晋国的卿士中掌握大权的人物是赵盾，他为晋军的中军帅，把持朝政。他向大夫们说：

"公子雍年长，死去的先君宠爱他，他与秦国的关系很亲近，立他为国君晋国会安定的。"

大夫贾季不赞成立公子雍，他主张立公子乐。他说：

"公子乐的母亲受到两个国君的宠爱，立他为国君晋国一定会兴旺。"

赵盾不满地说："公子乐的母亲在国君妻妾中名列第九，她为两个国君所宠幸，那是淫荡。她的儿子能有什么威望呢？况且公子乐远在陈国，陈国又弱小，晋国发生事变它也无法帮忙。所以不能立公子乐，还是立公子雍为好！"

赵盾决心已定，就派人去秦国迎接公子雍回国，另外又派人去陈国将公子乐杀死。

太子夷皋的母亲听说要立公子雍为国君，又气愤又焦急，她抱着夷皋在朝廷上连哭带号，吵闹着说："先君有什么罪！他的合法继承人有什么罪？

| 450 |

为什么丢开嫡子不立，反而到外边去求国君？我看你们怎么安排这个孩子！"

她又跑到赵盾家里，向他叩头，哀求说：

"先君将这个孩子嘱托给你了，如果他成材，我不忘你的恩情。如果他不成材，我怨恨你一辈子！"

赵盾害怕夷皋母亲闹出事端，又担心其他几个公子出来反对，只得改变主意，决定立夷皋为晋国国君。为了平息这场争端，他马上派军队迎战秦国的军队，因为秦已经派兵护送公子雍回晋国来了。两国军队在令狐地方交战，秦国遭到失败，仓皇退回国去。

晋国的大夫贾季因为赵盾杀死公子乐，对赵盾非常仇恨。不久狄国军队侵犯鲁国，鲁国国君鲁文公派使者向晋国求援。赵盾叫贾季去狄国责问狄国的相国酆舒。酆舒问贾季：

"你们晋国现在的赵盾与先前的赵衰相比，哪个好一些？"

赵衰原是晋国的卿士，掌握国家的军政大权，他死后赵盾才继任他的职位。因为贾季对赵盾很仇视，所以回答酆舒说：

"赵衰是冬天的太阳，赵盾是夏天的太阳！"

酆舒明白了："赵盾原来像夏天的烈日那样严酷啊！"

成语"冬日可爱"即由此而来，后人用它比喻人的慈祥可亲。而"夏日可畏"则比喻待人严厉、狠毒。

峨冠博带

典出《三国演义》第三十七回：门外有一先生，峨冠博带，道貌非常，特来相探。

曹操常有取荆州之意，特差曹仁、李典并降将吕旷、吕翔等领兵三万，屯樊城，虎视荆州、襄阳。吕翔对曹仁说，今刘备屯兵新野，招兵买马，应早除去。曹仁觉得此话有理，便派二吕前去攻取新野。在战斗中，吕旷、吕翔分别被赵云、张飞刺死，其余众军士多被擒获。曹仁得报后大怒，遂起本部兵马，意欲踏平新野报仇雪恨。曹仁在与刘备之兵作战中，惨遭失败，不但未能踏平新野，自家的樊城反而被刘备占领了。曹仁折了好些人马，无奈，只得星夜投奔许昌。他在路上打听到刘备军中因有单福做军师，为他设谋定计，才得以连战连胜。

曹仁回许昌见到曹操，报知此事。曹操问道："单福何人也？"谋士程昱说，单福即颍川徐庶，字元直。曹操听了十分仰慕徐庶的才干。程昱洞知曹操心意，便献策道："徐庶为人至孝，丞相可使人赚其母至许昌，令其母写封书信，那徐庶一见母信，是一定会来许昌的。"

曹操依计而行。可徐庶的母亲不但不愿写信召儿回来，反而大骂曹操。程昱见此计不能得逞，便模拟徐母的手迹，写信召徐庶。徐庶得信后，信以为真，于是辞别刘备，赶至许昌。临别时，徐庶把才干比他高的孔明推荐给了刘备。刘备听了徐庶的介绍，十分仰慕孔明的才干，于是准备礼物，偕同关羽、张飞前去隆中请诸葛亮。正在准备礼物之时，忽有人报："门外有一先生，峨冠博带，道貌非常，特来相探。"刘备心想此人莫非孔明么？随后才知来者不是孔明而是司马徽。司马徽得知徐庶走马荐诸葛之事后，仰天大笑曰："卧龙虽得其主，不得其时，惜哉！"说罢，飘然而去。

次日，刘备便同关、张并从人等到隆中去拜请诸葛亮。

后人用"峨冠博带"（高帽阔带）比喻穿着礼服。